A Fonte da Felicidade

Hélio do Soveral

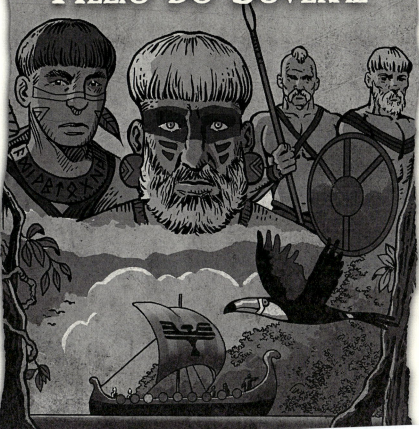

Organização, pesquisa, not...
LEONARDO NA...

Copyright 2020: Anabeli Trigo Baptista
Copyright 2020 do posfácio e das notas: Leonardo Nahoum Pache de Faria

Todos os direitos dessa edição reservados à editora

Nenhuma parte desta publicação poderá ser reproduzida, seja por meios mecânicos, eletrônicos ou em cópia reprográfica, sem a autorização prévia da editora.

Editor: Artur Vecchi
Projeto Gráfico e Diagramação: Vitor Coelho
Ilustração de capa: Manoel Magalhães
Revisão: L.N. Pache de Faria
Organização, posfácio e notas: Leonardo Nahoum
Impressão: Gráfica Odisséia

1ª edição, 2020
Impresso no Brasil/ Printed in Brazil

Dados Internacionais de catalogação na Publicação (CIP)
(Câmara Brasileira do Livro, SP, Brasil)

S 729

Soveral, Hélio do; 1918-2001.

A fonte da felicidade / Hélio do Soveral; organização, pesquisa, notas e posfácio de Leonardo Nahoum Pache de Faria; ilustrações de Manoel Magalhães.
Porto Alegre : AVEC Editora, 2020.

ISBN 978-65-86099-01-0

1. Ficção brasileira
    I. Pache de Faria, Leonardo Nahoum
    II. Magalhães, Manoel   III. Título

CDD 869.93

Índice para catálogo sistemático: 1.Ficção : Literatura brasileira 869.93
Ficha catalográfica elaborada por Ana Lucia Merege – 467/CRB7

Caixa Postal 7501
CEP 90430-970 – Porto Alegre – RS
contato@aveceditora.com.br
www.aveceditora.com.br
@aveceditora

ÍNDICE

AO LEITOR 5
NOTA DO EDITOR 7
CAPÍTULO I – O HOMEM SEM LÍNGUA 11
CAPÍTULO II – NA PISTA DA MORTE 21
CAPÍTULO III – A SURPREENDENTE VALHALAH 33
CAPÍTULO IV – AS MULHERES MANDAM 43
CAPÍTULO V – A MÚMIA DE PEDRA 53
CAPÍTULO VI – UMA HISTÓRIA DE AMOR 62
CAPÍTULO VII – PROJETOS DE FUGA 73
CAPÍTULO VIII – O PRIMEIRO DESENTENDIMENTO 84
CAPÍTULO IX – AS FESTAS DO SOL E DA LUA 95
CAPÍTULO X – CRIME NA GRUTA 106
CAPÍTULO XI – O ASSALTO 117
CAPÍTULO XII – O TERCEIRO PERDÃO 129
CAPÍTULO XIII – A REVOLUÇÃO DOS NACONS 140
CAPÍTULO XIV – ÚLTIMAS PALAVRAS 150
CONCLUSÃO 161
POSFÁCIO 163
REFERÊNCIAS 206
SOBRE A ORGANIZAÇÃO E EDIÇÃO DOS ORIGINAIS 209
SOBRE O AUTOR 211
SOBRE O ORGANIZADOR 211
NOTAS DO ORGANIZADOR 212

Agradecimentos do organizador: Este livro e este pesquisador têm uma dívida de gratidão enorme para com Anabeli Trigo e Dagomir Marquezi, por sua dedicação à memória de Soveral; para com a Empresa Brasil de Comunicação (EBC), em particular a Michelle Tito e Alberto Santos, por sua imensa ajuda e boa vontade ao nos franquearem acesso ao acervo do escritor; para com Artur Vecchi, da AVEC editora, por compreender a importância deste histórico resgate; e para com minha família, pelo precioso tempo roubado.

AO LEITOR

O livro que você tem em mãos deveria ter sido publicado no início dos anos 1970, mas sua editora original, a Monterrey, optou por não publicá-lo por motivos que só podemos atribuir à atmosfera de cerceamento e censura artística, política e intelectual que imperava no Brasil nos Anos de Chumbo da ditadura militar. Agora finalmente resgatado **pela AVEC editora e por este organizador**, o texto de Hélio do Soveral oferece ao público não só uma deliciosa aventura cheia de reviravoltas fantásticas como também uma amostra de como a literatura popular/de massa, em todos os tempos, pode ser engajada, crítica, reflexiva e combativa.

Por outro lado, alguns aspectos da narrativa – como o tratamento dado pelo protagonista à sua amante e à sua esposa em alguns momentos (tratá-las com violência física ou mesmo obrigá-las a manter com ele relações sexuais) –, se denunciam um comportamento machista comum na década de 1970 e que segue (ainda!) sendo um problema social relevante no Brasil contemporâneo (basta vermos as estatísticas de agressão contra a mulher, que incluem crimes como estupro e feminicídio), hoje em dia seriam inaceitáveis na maior parte dos trabalhos de ficção. **A AVEC editora e este que vos escreve repudiam todas as formas de abuso contra a mulher**, mas entendem que o texto de Soveral, como documento/manifestação artística que retrata a moralidade e as percepções de uma época, merece chegar ao leitor com a menor interferência possível.

NOTA DO EDITOR[i]

Há certos livros que, por mais fantásticos que sejam em seu conteúdo, possuem uma história prévia e misteriosa, relacionada à sua descoberta e publicação, que não fica nada a dever a seu entrecho. É o caso, justamente, deste *A Fonte da Felicidade*, relato impressionante, revelador e, a nosso ver, autêntico, do arqueólogo norte-americano Helyud Sovralsson, desaparecido há alguns anos na Amazônia, que a editora Monterrey apresenta agora ao leitor brasileiro.

Seu manuscrito original, registrado em algumas dezenas de folhas de papel artesanal sujo e amarelecido, foi encontrado nos primeiros meses deste ano (quando toda a nação se preparava para o que viria a ser a gloriosa vitória na Copa do Mundo de 1970), pelo caboclo Zé Pedro enquanto fazia um frete com seu barco até a margem norte do Rio Negro. Ao perceber um objeto estranho flutuando em meio à espuma, junto a uma das estacas de madeira de um pequeno ancoradouro, o barqueiro retirou das águas um grande cantil (que lhe pareceu coisa importada, pela qualidade) em cujo interior, para sua surpresa, estava um chumaço de folhas de papel repletas de anotações feitas à mão, verdadeira algaravia da qual não conseguiu fazer sentido.

Alertado, porém, pelo que parecia ser um idioma estranho (inglês), o caboclo manteve as folhas em seu poder na esperança de vendê-las a algum interessado que o remunerasse com minimamente alguns cobres. Um seu primo de apelido Tonho, que costumava fazer negócios em Manaus com "gente mais letrada", arrematou-lhe o achado por algumas cédulas e tratou de procurar uma venda com lucro tão logo fizesse sua próxima viagem à cidade.[ii]

Assim que chegou[iii] à capital do Estado, o novo proprietário do material[iv] pediu a ajuda[v] do Professor Ariovaldo Barbosa, seu amigo, e perguntou-lhe[vi] se aquilo[vii] tinha algum valor. As circunstâncias em que o manuscrito[viii] havia sido[ix] achado eram curiosas — e, depois de ler as primeiras páginas da[x] papelada,[xi] o Prof. Barbosa ficou interessadíssimo e disse que comprava a[xii] coisa toda[xiii] por cem cruzeiros novos. O negociante fechou negócio.

Inicialmente, o Prof. Barbosa planejou fazer uma excursão às nascentes do Rio Jacumã, em plena selva amazônica, mas logo desistiu, quando os[xiv] colegas[xv] lhe fizeram ver a loucura de tal empreendimento. E tratou de vender o[xvi] maço de papéis[xvii] a um tal Ezequiel, livreiro em Manaus, que lhe pagou duzentos cruzeiros novos pela obra.[xviii]

Este Ezequiel[xix] era um distribuidor de livros e revistas na capital do[xx] Amazonas e recebia[xxi] o material de um colega de Belém do Pará, que também era distribuidor de livros de bolso da Editora Monterrey; entusiasmado, escreveu a este colega, revelando o caso e perguntando se ele achava interessante oferecer o manuscrito aos editores do Rio ou São Paulo. Então, o representante da Editora Monterrey em Belém comprou o manuscrito (por quinhentos cruzeiros novos) e ofereceu-o à venda por dois mil. Parecia um preço exorbitante para um monte de papéis escritos numa letra quase indecifrável, mas não era. A fim de interessar os diretores da Editora Monterrey, o distribuidor de livros e revistas de Belém remeteu-lhes uma cópia das primeiras páginas da obra.

O assunto era, realmente, sensacional. Tanto que a Editora Monterrey adquiriu o manuscrito pelo preço estipulado e entregou-o a um de seus "copydesks", para que lhe desse forma de romance. No original, a obra não tinha uma sequência muito lógica, havendo diversas interpolações e adendos, incluídos nas margens da narrativa principal.

Depois do trabalho de depuração e cronologia (e com alguns acréscimos destinados a tornar a história mais literária), aqui está a incrível narração do arqueólogo norte-americano Helyud Sovralsson, encontrada no interior do cantil de couro que boiava no Rio Negro, vindo provavelmente das nascentes do Rio Tiquié, Jacumã, Uauapés, ou de qualquer outro afluente do Rio Negro, acima da localidade de São Joaquim, no coração da Amazônia.

É essa narrativa fantástica que a Editora Monterrey apresenta agora aos seus leitores, esperando enriquecer cada vez mais esta série de depoimentos humanos.[xxii]

Nota do Editor

Capítulo I
O HOMEM SEM LÍNGUA

Meu nome é Helyud Sovralsson. Tenho 34 anos de idade e sou solteiro. Nasci em Flekkefiord, no extremo sul da Noruega, mas fui muito pequeno para a América do Norte, onde meus pais se fixaram como imigrantes. Desde criança, sempre tive queda para a Arqueologia; meu passatempo favorito era desenterrar pequenos objetos afiados, ou fragmentos de objetos, reconstituí-los e conjecturar sobre a sua procedência e funcionamento, na época em que estavam em uso. Lembro-me até de que, certa vez, desenterrei um cabo de navalha (reconstituindo uma lâmina Solingen profissional de 1892) e, graças a ele, comprovei que o quintal onde fizera o achado já pertencera a um barbeiro canhoto. Essas deduções sempre me causaram um vivo prazer.

Depois de formado pela Universidade de Indiana, naturalizei-me norte-americano e fui trabalhar com a equipe de arqueólogos do Viking Museum, dirigida na época pelo Prof. Von Humboldt. O Viking Museum é um repositório de armas e instrumentos escandinavos, usados pelos piratas vikings, anteriores à Era de Cristo, e pelos seus descendentes, do século X até o século XV. Na verdade, dediquei toda a minha vida ao estudo de meus antepassados, decidido a provar, de maneira insofismável, que os navegadores vikings estiveram realmente no continente americano muito antes de Cristóvão Colombo. Como se sabe, há diversas teorias sobre o fato, mas ainda não se encontrou uma prova concreta. Pois eu sempre quis encontrar essa prova. Não tem aparecido pedras com inscrições rúnicas na Nova Inglaterra, em Oklahoma, no Minnesota e na Virgínia Ocidental? Isso era o bastante para que eu não desanimasse.[xxiii] Minhas próprias ideias acerca de tão fascinante jornada eram, admito, um tanto mais ousadas. Para mim, a explicação para os vikings não terem se fixado nos locais onde aportaram (o que teria propiciado a nós, arqueólogos, um número grande de vestígios reconhecíveis de sua civilização) era que suas viagens haviam continuado em direção ao sul do continente; simples assim. E quando escrevo ao sul, quero dizer *bem* ao sul...

Meu grande interesse pelo assunto, portanto, fazia com que mesmo em minhas horas livres eu estivesse sempre procurando me atualizar quanto às mais recentes hipóteses e achados arqueológicos a respeito da passagem dos vikings pelas Américas. Embora meus projetos correntes de pesquisa não me permitissem sonhar com demoradas e custosas saídas a campo, de meu gabinete eu me colocava a par das publicações dos principais especialistas. As antigas crônicas escandinavas davam conta de uma série de terras distantes descobertas (e batizadas!) pelos exploradores vikings ao longo dos anos para além da Groenlândia, na costa setentrional da América do Norte. Era praticamente certo que os olhos daqueles homens intrépidos e audaciosos tinham sido os primeiros a avistar não só as Ilhas Faroé e a Groenlândia[xxiv] como também a Terra Nova, a Hellulândia (Terra da Planície Rochosa) ou Estotilândia,[xxv] a Nova Escócia ou Marklândia (Terra das Florestas) e a Vinelândia (Terra das Vinhas). Esta última terra, descoberta por Leif Erikson, filho de Eric, o Vermelho, era, sem dúvida alguma, os Estados Unidos atuais, na altura do Cabo Cod. Ainda mais: as descobertas dos objetos vikings disseminados pela América do Norte provavam que meus antepassados tinham descido o continente, através do Estreito de Long Island, até Cheesapeak, na Virgínia, e, daí, até o Cabo Canaveral, na Flórida. Aliás, o historiador O. S. Reuter afirmou, em 1934, que a Vinelândia de Leif Erikson ficava situada entre a Geórgia e a Flórida. Depois da Virgínia, porém, não havia mais indícios da descida dos navegadores vikings, rumo sul, até à chegada de Cristóvão Colombo, no ano da graça de 1492. Todavia, eu estava certo de encontrar vestígios desses aventureiros ainda além da Flórida, na América Central ou nas Antilhas. Era tudo uma questão de paciência.

Agora, está explicado o motivo por que fiquei tão emocionado quando o geólogo Charles Winnegan me procurou, na secretaria do Viking Museum, e me falou a respeito do homem sem língua que aparecera na Amazônia. Era o dia 12 de janeiro de 1962. Neste momento, ao escrever esta narrativa na Sala de História da cidadela de Valhalah, sei que ainda estamos no ano de 1962 da Era Cristã, mas ignoro o dia da semana e o mês. Aqui, em Valhalah, é o dia Manik do mês Kayab, no calendário (Haab) dos astecas, adotado pelo povo que veio do Norte. Neste calendário, o ano divide-se em 18 meses de 20 dias.

— Você acredita — perguntou-me Charles Winnegan, naquele dia memorável. — que haja uma tribo de índios brancos, descendente de europeus, no interior do Amazonas?

— Perfeitamente — respondi, sorrindo. — Espanhóis ou portugueses, talvez. Podia ter havido uma miscigenação. Mas o nosso caro professor Mark Spencer lhe dirá isso melhor do que eu.

— E se os índios brancos fossem descendentes de noruegueses, suecos ou dinamarqueses?

Fiquei gelado pelo espanto. Charles Winnegan e Mark Spencer (este último antropólogo do Instituto Smithsoniano de Washington e membro do Museu do Índio Americano da Fundação Keye de Nova York[xxvi]) sempre tinham participado de minhas pesquisas arqueológicas, no continente americano, e estavam tão entusiasmados em seguir a pista dos vikings quanto eu.

I • O Homem sem Língua

– O que houve? – perguntei a Charles.[xxvii]

O geólogo não respondeu de imediato, parecendo saborear o suspense e a expectativa que criava com a demora. Quando viu que eu estava prestes a me exasperar de curiosidade, disse:

– Um de meus correspondentes, o professor Orestes Teixeira, da Universidade de São Paulo, comentou em sua última carta uma história curiosa que circulou por lá, no Brasil, há algumas semanas. Segundo ele, um homem quase morto, mutilado, teria chegado a uma pequena cidade no interior da Amazônia com um relato de que fora atacado por um grupo de índios bran...

– Sim, mas que tem isso de extraordinário – interrompi eu.

– ...de índios brancos – continuou Charles sem mudar o ritmo. – armados com escudos, espadas e... chapéus com chifres ou galhadas. Ninguém por lá levou a coisa a sério a ponto de querer se aprofundar, mas, sabendo do meu interesse pelas civilizações nórdicas, o professor Teixeira mencionou o episódio em sua carta.

– Como quem conta uma piada... – retruquei eu, pensando em voz alta.

– Exatamente.

Ficamos algum tempo assim, em silêncio, como se conferenciássemos em nossas mentes sobre as possibilidades que aquela notícia vaga nos oferecia. Um relato não oficial colhido de um habitante da Amazônia profunda, provavelmente semianalfabeto, praticamente moribundo (dizia a carta), não era propriamente o que se poderia chamar de um indício confiável. Mas nem eu nem Charles conseguíamos desprezar a invulgar combinação "índios brancos" e "armas medievais"; isso sem falar nos supostos capacetes com adornos semelhantes aos usados pelos lendários guerreiros nórdicos.

Eu já tinha me decidido a perseguir aquela fatídica trilha que se abria à nossa frente naquele dia de janeiro de 1962 mesmo antes de levarmos a história ao conhecimento de Mark Spencer. Por sorte (ou destino...), o antropólogo estava em Nova York naquela semana, por conta de um evento no Museu do Índio Americano do qual era curador.

Mark se mostrou excitadíssimo com a hipótese oferecida por Charles e referendada por mim; parecia já vislumbrar os valiosos estudos e artigos científicos que poderiam surgir de tal descoberta. Não demorou muitos dias e já estávamos alinhavando uma expedição à perigosa selva brasileira, com o apoio institucional tanto do Instituto Smithsoniano quando do Viking Museum. Mark Spencer era um nome muito respeitado não só nos círculos acadêmicos, como também nos meios políticos, e foi graças a ele que conseguimos angariar os fundos e as permissões necessárias a uma saída de campo que provavelmente nos ocuparia por semanas ou meses.

Era o dia 25 de fevereiro quando partimos rumo à América do Sul, munidos de tudo o que seria necessário para uma expediência científica na Amazônia que pudesse provar que os antigos vikings não só haviam chegado às Américas antes de Colombo como seguiram (e perseveraram como povo) em suas explorações até as porções mais meridionais do continente. Eu trazia comigo farto material para notas, algumas referências bibliográficas importantes; Mark Spencer, o mesmo. Já Charles Winnegan, como geólogo, levava consigo um aparato científico mais complexo e frágil, destinado a testes e amostragens que deveriam ser feitos *in loco*.

Logisticamente, fazia mais sentido viajarmos até o Brasil via Colômbia. Bogotá era o grande centro mais próximo, geograficamente, da região de nosso destino. Com a ajuda da embaixada norte-americana local, conseguimos contratar uma aeronave anfíbia que tivesse tanto mobilidade quanto capacidade de carga para transportar pelo menos quatro pessoas e nossos víveres e equipamentos com certa autonomia. Quatro dias depois de nossa chegada em solo colombiano, seguíamos ansiosos, apertados em nosso hidroplano alugado, rumo à cidade brasileira de Taracuá, local de onde vinha a fantástica história dos índios brancos medievais mencionada pelo professor Orestes Teixeira a Charles Winnegan.

* * *

Lembro ainda hoje como era opressivo o clima ao desembarcarmos no pequeno cais da cidade ribeirinha brasileira; embora estivéssemos acostumados ao trabalho de campo árduo, em condições inóspitas, a combinação amazônica de calor, insetos e umidade era uma experiência inédita para mim e meus companheiros. A chegada do hidroplano à cidade atraíra dezenas de pessoas até o rio. Não nos foi difícil, misturando mímica, inglês e algum espanhol e português, preenchermos algumas lacunas da carta do professor Teixeira e chegarmos aos homens que primeiro encontraram o tal sujeito estropiado, semimorto, abandonado à própria sorte em uma pequena embarcação que descia o rio. Um deles, de nome Clécio do Amaral, pescador, pai de sete filhos, um moreno até que alto para os padrões da região, nos explicou, de boa vontade e com certo orgulho, como puxara a canoa para o cais, prestando os primeiros socorros ao homem ferido com a ajuda do apotecário local.

– Ah, seu moço – disse ele, dirigindo-se a mim. – O sujeito, o Chico Cipó, tava muito mal quando bateu aqui. Puxei a canoa dele pra cá pra beira, pra não deixar descer mais o rio, e tentei ajudar ele, mas a roupa do homem era sangue puro. Juntou gente assim na hora, porque ele, mesmo ferido de morte, estava muito agitado, querendo falar pra gente alguma coisa. Mas quem disse que saía som da garganta do mateiro?

Olhei para Mark Spencer e Charles Winnegan um pouco apreensivo com aquela parte da entrevista. De onde teria nascido o conto sobre os índios brancos e suas armas estranhas se o homem semimorto a quem se creditava a história não pudera falar ao ser resgatado? Transmiti estas minhas dúvidas ao pescador Clécio e sua resposta nos deixou mais aliviados:

— O que ficamos sabendo do que aconteceu com ele foi porque ele riscou umas coisas no chão. — e balançou a cabeça, confirmando tanto o relato que nos fazia quanto sua própria recordação dos fatos. — Riscou, riscou umas palavras, umas figuras; da boca mesmo, só grunhido, uns sons de bicho. O meu compadre, o coronel Guma, que é[xxviii] instruído, é que falou com ele e traduziu os rabiscos. Chico Cipó não era daqui, não. Mas outro mateiro da região reconheceu ele e disse que ele tem família em Macu, rio acima, no meio da selva. Os senhores querem falar com o coronel Guma?

Fomos levamos à presença de um caboclo de meia idade, alto e forte, bem vestido, cheio de anéis, que parecia um senhor feudal. Mas era um sujeito simpático e nos prestou todos os esclarecimentos de que necessitávamos.

— Eu não conhecia Chico Cipó — disse ele, enquanto sua mulher nos servia um excelente licor de jenipapo. — O homem apareceu no cais dentro de uma canoa velha, quase afundada. Estava mais morto do que vivo. Tinham-lhe dado uma facada nas costas e lhe arrancado a língua. Ou melhor: cortado, com uma faca ou uma folha de capim-navalha. Quando os pescadores o deitaram na areia e o farmacêutico começou a cuidar dele, eu fui chamado e fiz-lhe várias perguntas, mas o desgraçado não podia falar. Bem que ele queria, mas não conseguia dizer uma palavra. Só ficamos sabendo que ele se chamava Chico Cipó porque o Zé Bernardino o reconheceu de Macu. Aí, eu tive a ideia de botar um graveto na mão dele. Foi uma solução. Ele compreendeu e pôs-se a fazer rabiscos na areia. Nós nos entendemos mais ou menos, sabe? Pelo que entendi, ele estava na tocaia das pintadas, em companhia de mais três gateiros, no meio de uma selva inexplorada que existe lá para as bandas da fronteira da Colômbia, quando foram surpreendidos por uma tribo de índios altos e brancos, louros, armados com azagaias, tacapes, espadas e escudos... e com capacetes de chifres de boi,[xxix] ao que parece. Coisa muito estranha, por estes lados. Aqui, homem que tem chifres é...

Fiz um gesto de impaciência.

— Ele deu, ao menos, as coordenadas para a localização do ponto exato em que se encontrava, ao ser surpreendido pelos índios?

— Nada disso, *mister*. Ele nem sabia direito onde estava, pois andava no mato havia tempos[xxx] e tinha perdido a orientação. Era um de seus companheiros que servia de guia, mas não tivemos nenhuma notícia desses outros três gateiros. Esses devem continuar lá no meio do mato. O mais que lhe posso dizer, *mister*, é que a região dos índios brancos fica entre os rios Jacumã, afluente do nosso Uaupés, ao norte, o Taraíra, a oeste... este Taraíra, ou Traíra, é que faz a fronteira com a Colômbia... o Japurá, ao sul, e o Curicuriari, ao leste. Provavelmente, esse Chico Cipó subiu o Curicuriari e um dos três rios que nele deságuam, talvez o Dji, e perdeu-se no mato, ao caminhar para o noroeste. Ou, então, subiu o Uaupés e caminhou para o sul. Aquilo, ali, é uma selva braba, *mister*, e ninguém tem coragem de andar por lá.

Olhei para os meus dois companheiros de viagem (o piloto do hidroplano ficara a bordo) e eles acenaram afirmativamente. Então, voltei a interrogar o "coronel":

— E a respeito da tal civilização medieval?

O caboclo deu uma risada.

— Histórias! Não acredito nisso, não. Mas, realmente, o moribundo... ele morreu duas horas depois... deu a entender, com seus desenhos, que tinha visto uma aldeia indígena diferente das outras, onde as tabas eram palácios, com torres e cumeeira, e os índios brancos pareciam guerreiros da Idade Média. Eu comparei os rabiscos de Chico Cipó com uns desenhos de umas aldeias dos índios maias e astecas e fiquei impressionado. Aquele gateiro, realmente, nunca poderia ter visto um palácio ou uma pirâmide asteca, e, no entanto... Histórias! Não acredito nisso, não!

— Estranho — murmurou Mark Spencer. — Não tenho notícias de nenhum núcleo maia, tolteca, asteca ou inca, nas florestas da Amazônia. Já segui a pista dos maias até à Guatemala, mas só até aí. Ainda hoje existem ruínas maias-toltecas em Copán, entre as Honduras e a Guatemala.

— Mas os maias eram pequenos[xxxi] e cor de cobre — lembrou Charles Winnegan. — Nenhum dos povos que habitava as Américas, em época pré-colombiana, era branco... e muito menos alto e louro. Os próprios Paracanãs e Guayakis são tupi-guaranis.

— Esses índios gigantes que Chico Cipó viu — disse eu, trêmulo de emoção. — não eram maias nem astecas; só podiam ser vikings! Sim, meus amigos! Existem descendentes remotos dos vikings no interior da Amazônia! Tenho o palpite de que nós os encontramos! *Eu* os encontrei! E aqui, na América do Sul!

— Qual é a sua ideia, *mister*? — perguntou o coronel Guma, desconfiado.

Olhei outra vez para os meus dois companheiros e eles acenaram, tão excitados quanto eu. Estávamos todos de acordo sobre o caminho a tomar. Nosso sangue fervia nas veias, antegozando a suprema revelação histórica. E só há um remédio para a esperança: é a certeza. Nós tínhamos que visitar a cidadela misteriosa dos índios brancos que o falecido Chico Cipó encontrara na selva quase impenetrável da Amazônia, entre os rios Jacumã, Traíra, Japurá e Curicuriari. No mapa, essa região tem apenas três dedos de extensão, mas, na realidade, representava cerca de 250 quilômetros de mata virgem, cheia de mosquitos, de feras e índios hostis, capazes de cortarem a língua de um homem como faziam os carrascos nazistas.

Contudo, lá íamos nós, no nosso frágil hidroplano, à caça dos vikings perdidos no interior da Amazônia! Era preciso não esquecer que Chico Cipó estava em companhia de mais três gateiros, ao ser apanhado pelos selvagens. Que teria sido feito desses homens? Mesmo que não localizássemos a cidadela asteca, talvez encontrássemos algum sobrevivente do massacre. Era essa, pelo menos, a nossa grande esperança.

Capítulo II
NA PISTA DA MORTE

Passamos aquela noite em Taracuá e, na manhã seguinte, enchemos o tanque do hidroplano com toda a gasolina de reserva e partimos rio acima. Eram seis e meia da manhã. Alonzo, o piloto colombiano que tínhamos contratado em Bogotá, também desempenhava as funções de guia.

— Não conheço muito bem estas paragens — disse ele, quando o avião se estabilizou no ar. — Mas, se não me engano, antes de Macu encontraremos a cidadezinha de Maruma, na margem sul do rio. Para lá de Macu é a selva.

— Provavelmente, Chico Cipó veio de lá — disse Charles.

— Não concordo — objetou Mark Spencer. — Se ele tivesse descido o rio, vindo de algum ponto para lá da cidade onde morava, teria ficado em casa. Se ele desceu até Taracuá é porque veio de outro lado.

A hipótese me agradou. Eu estava me lembrando de que, ao descermos em Taracuá, tínhamos visto outro afluente do Uaupés que desembocava pouco abaixo da cidadezinha.

— Chico Cipó não poderia ter descido o outro rio? — indaguei. — O Uaupés não tem uma corrente muito forte e a canoa poderia ter sido levada facilmente até Taracuá, que é a localidade mais próxima. Também não creio que o homem tenha vindo por aqui, ultrapassando Macu sem parar lá.

— Que fazemos? — perguntou Charles.

— Vamos subir o outro rio — respondi. — Você o conhece, Alonzo?

— Não — respondeu o piloto. — Mas sei que teremos dois rios pela frente, ambos vindos da mata virgem: o Tiquiê e o Jacumã. Nunca me aventurei por eles com medo de me perder na selva.

— Pois vamos pesquisá-los — decidi. — Tenho o palpite que Chico Cipó desceu por um desses rios e, assim, foi dar no Uaupés.

O piloto anuiu e acionou os lemes do hidro. O aparelho inclinou-se, sobre as águas do Uaupés, fez uma curva de 60 graus e embicou para a mata virgem que se estendia ao sul do ponto onde nos encontrávamos. Agora, debaixo de nós, desfilavam novamente as copas das altas árvores do caetê,[1] umas coladas às outras, formando um tapete impenetrável. Alguns minutos depois, apareceu um rio que serpenteava por entre a vegetação cintilante ao sol.

— O Tiquiê — avisou Alonzo. — Outros vinte minutos de voo e estaremos sobre o Jacumã. Qual dos dois rios devemos subir? Ambos têm suas nascentes no oeste, em plena selva.

— Siga por este. — ordenei. — Usem os binóculos, para pesquisar as margens. É possível que encontremos indícios de algum acampamento.

O hidro subiu o rio, a uma altura de cem metros, enquanto examinávamos as suas margens através dos binóculos. Não havia sinais de nenhum acampamento, nem de nenhuma aldeia de índios. Apenas as andorinhas cinzentas, as garças brancas, os patos selvagens e os falcões esvoaçavam, assustados, à passagem do avião. Depois de meia hora de viagem, em voo rasante, toquei no braço do piloto.

— Volte, Alonzo. Não é o Tiquiê. A canoa com o homem ferido não poderia ter vindo de tão longe. Tentemos o outro rio.

— Não conheço o Jacumã — respondeu o colombiano. — Mas, agora, passarei a conhecê-lo. Lá vamos nós!

---

1. Nota do org.: **Caetê**: nome de origem indígena para a mata amazônica de planície que só é inundada durante as grandes enchentes.

E manobrou o hidro, numa curva larga por cima da floresta, fazendo com que ele regressasse rio abaixo. Voltamos a inspecionar as margens do Tiquiê, mas ainda não vimos nada. Nem sequer havia um lugarejo naqueles ermos.

— Planície aluvial — informou Charles. — Tabuleiros de sedimentos recentes às margens. Esta terra data do Pleistoceno e do Holoceno e sua formação ainda não se completou. A terra firme, acima dos tabuleiros, parece constituída de rochas cristalinas pré-cambrianas, com mais de setecentos milhões de anos. Como disse o escritor brasileiro Euclides da Cunha, a Amazônia foi o último ato da Criação.

Quarenta minutos depois, tínhamos atingido o lugar onde o Rio Tiquiê se juntava ao Jacumã, para irem desaguar no Uaupés. Alonzo manobrou novamente o hidro e sobrevoou o novo rio. Vinha da terra um bafo quente e úmido, que chegava até nós. Parecia o bafo das caldeiras de Satanás.

— Siga para o oeste — ordenei.

O aparelho desceu até cinquenta metros[xxxii] das águas mansas e barrentas e seguiu o curso sinuoso do rio. Não se via uma canoa, nem um ser humano, às margens do curso d'água perdido na selva compacta.

— Estamos indo na direção do Traíra — informou Alonzo.
— À nossa frente, a cerca de cem quilômetros, fica a fronteira da Colômbia. Mas, antes de lá chegarmos, encontraremos a floresta mais densa do mundo.

Eu, Charles e Mark estávamos examinando atentamente ambas as margens do rio, à procura de alguma coisa que nenhum de nós saberia dizer exatamente o que era. Voamos ainda durante meia hora, por cima das águas amarelas, até que Mark soltou uma exclamação:

— Ali!

Apontava uma das margens do rio, poucos metros adiante do hidro. Sobrevoamos o local e pudemos ver nitidamente o telhado de sapê de uma cabana quadrada. Havia uma pequena clareira atrás da choça.

— As tabas dos índios são maiores e redondas — disse Mark.

— Esse acampamento pertence a gente branca. Mateiros, com certeza.

— Vamos dar uma olhada de perto — decidi.

Não havia sinal de vida, nem na cabana nem na clareira. Alonzo voltou, mais uma vez, com o hidro, e foi pousar na água mansa, em frente ao local.

— Venham comigo — disse eu, a Charles e Mark. — Alonzo fica a bordo. Se for rebate falso, continuaremos a viagem rio acima. Tragam as armas.

Levei uma pistola, meu saco de viagem com mantimentos e um cantil de água, enquanto Charles e Mark se armavam com dois rifles de repetição *Winchester*. Depois, Alonzo inflou um pequeno bote de borracha e saltamos para dentro dele. Mark, que era o mais robusto, remou vigorosamente, levando o barco para a margem onde tínhamos visto a cabana. Em breve, encostamos a um barranco de terra vermelha e saltamos para lugar seco, amarrando o bote a uma pedra. O barranco fora cortado, naquele ponto, formando um pequeno cais.

— Cuidado — avisou Mark, engatilhando o rifle. — Eu vou na frente, para o caso de encontrarmos índios. Conheço o dialeto dos Vapidianas.[xxxiii]

Atravessamos cautelosamente um trecho do terreno plano, à beira do rio, e atingimos a cabana. Nenhum sinal de vida. O barracão não tinha paredes (apenas quatro estacas sustentando o teto de sapê) e parecia vazio. Mark entrou para a sombra e curvou-se, soltando uma interjeição de alarma. Saquei da pistola e Charles levou o rifle ao ombro.

— Mortos — disse Mark. — Venham ver.

Só então senti o cheiro da podridão. Havia três cadáveres insepultos no interior da cabana, uns próximos dos outros. Três homens brancos, sem dúvida, mas quase reduzidos a esqueletos. O que restava de suas carnes, dentro das roupas esfarrapadas, estava podre e exalava um terrível fedor.

— Morreram há mais de uma semana — disse Mark, ajoelhado na terra dura. — Isso coincide com a descida de Chico Cipó. Estes três desgraçados eram, evidentemente, os seus companheiros de caçada. Eles também não escaparam.

Charles acenou.

— E grande parte de seus corpos foi devorada pelas feras. Agora, são as formigas que estão se encarregando do resto.

Um exame posterior dos despojos provou que os homens tinham sido assassinados a flechadas, mas as flechas haviam sido removidas dos corpos.

— Os ossos de um deles estão moídos — disse Mark. — Se foram índios, usaram uma borduna pesada e tinham a força de mil demônios. Nunca vi uma vítima dos índios tão massacrada! E os agressores levaram tudo o que existia neste acampamento! Não deixaram nem uma folha de papel!

— Só os farrapos das roupas — acrescentei, depois de ter procurado em vão qualquer documento nos bolsos dos mortos.

— Não sei se eles tinham língua — suspirou Charles. — mas talvez não a tivessem. Os selvagens que liquidaram estes desgraçados não deixaram nenhuma pista de sua passagem. Nem sequer uma pegada no barro úmido. O terreiro foi varrido com galhos de árvores e tudo meticulosamente limpo.

— Eles ainda devem estar por aqui — sussurrou Mark, desconfiado.

O grito de uma arara nos assustou. Imediatamente, um bando de periquitos coloridos e barulhentos pôs-se a palrar por entre as árvores copadas, atrás da cabana. Charles apontou o rifle para a selva, mas não apareceu ninguém.

— Se os bichos não fogem — disse eu, metendo a pistola no coldre. — é sinal de que não há ninguém na floresta, algumas milhas ao redor. Os índios vieram e foram embora, depois do massacre. É possível que tenham seguido os fugitivos, até encontrá-los e acabarem com eles.

Charles já estava examinando a terra da clareira. Esmagou os torrões vermelhos entre os dedos e sentenciou:

— Sedimentos aluviais, trazidos pelas enchentes periódicas. Este trecho da floresta pode ser catalogado como um campo misto, entre a mata firme, de vegetação densa, que provém da Era Terciária, e a terra cuja formação ainda não se completou. Ou seja: fica entre o caetê e o igapó. É possível que, na época das cheias, fique tudo alagado.

— Isso prova que a cabana foi construída há pouco tempo. Eles mesmos, os quatro gateiros, ergueram esta choça. Deve haver uma picada, além dessa clareira.

— Não vejo nada — disse Mark. — Mas, se um de vocês for comigo, para me cobrir, eu lhes direi se os homens vieram do mato ou do rio.

Nesse momento, ouvimos gritos humanos, do lado do rio, e corremos para o barranco. Ao chegarmos, vimos que o nosso hidroplano afundava lentamente, no meio das águas fundas; os flutuadores já estavam debaixo d'água. E, em cima da carlinga, Alonzo gesticulava desesperadamente.

— Diabo! — rosnou Charles, correndo para o barco pneumático.

Não havia tempo a perder. Charles desamarrou o bote de borracha e pôs-se a remar energicamente. Mas o hidro começou a afundar mais depressa, com o piloto colombiano agora trepado em cima de uma das asas.

— Foram os índios! — gritou Alonzo. — Uma chuva de flechas, que veio da margem do rio! Não vi mais nada! Duas flechas furaram os flutuadores e...

Quando o barco com Charles encostou ao aparelho semissubmerso, o piloto saltou para cima dele, mas com tanta infelicidade que perdeu o equilíbrio e mergulhou nas águas barrentas. Logo veio à tona, bracejando, e Charles estendeu-lhe um remo. O colombiano agarrou-se nervosamente a ele, mas, de repente, deu um grito de dor e afundou, levando o remo nas mãos. A água, ao lado do barco de borracha, logo se tornou vermelha de sangue.

— Jacarés — disse Mark, olhando para mim, horrorizado. — Tomara que Charles não tente salvá-lo!

Postados à beira do rio, não podíamos fazer mais nada, além de assistir à tragédia. Charles compreendeu tudo e, depois de olhar para o hidroplano (que ia desaparecendo vagarosamente nas águas) afastou-se rapidamente do local, impulsionando o bote com um remo só. Nesse momento, vimos surgir à flor da água duas cabeças coriáceas; dois crocodilos seguiam o rastro do barquinho, aproximando-se cada vez mais. Mas, quando duas fortes mandíbulas se abriram para morder o frágil bote de borracha, Charles já estava saltando para o barranco. Ainda ouvimos um estalar de ossos e o barco pneumático foi puxado para o fundo do rio. As cabeças dos jacarés não apareceram mais. Agora, a superfície das águas voltara a ficar plácida e cintilante como um espelho. Não havia também sinais do hidroplano afundado.

— Perdemos tudo — lamentou-se Mark. — Todo o carregamento foi para o fundo! E não temos possibilidades de mergulhar para reavê-lo! Este rio está infestado de jacarés!

— Jacarés e piranhas — disse Charles, reunindo-se a nós. — As piranhas disputaram Alonzo aos jacarés. Eu vi o fundo das águas ferver. Perdi todos os meus instrumentos de pesquisas geodésicas e geoquímicas! Perdi tudo!

— Foram-se os anéis, mas ficaram os dedos — disse eu, sombriamente. — Nada podíamos fazer. Ainda nos restam as armas, alguma munição e as sacolas com víveres e roupas. Não nos perderemos na mata, graças à bússola. Agora, o jeito é procurar uma picada, na floresta, e continuar a busca a pé. Talvez a aldeia dos índios brancos não esteja muito longe.

Meus dois companheiros olharam para mim, atônitos, como se me julgassem maluco. Seguir qualquer pista, naquela floresta hostil, era ir ao encontro da morte. Mas, depois, Charles e Mark entreolharam-se e suspiraram. Realmente, nenhum de nós pensava em abandonar a busca da nova civilização "asteca" no coração da Amazônia; continuávamos dispostos a seguir na pista da morte.

* * *

Havia realmente uma picada no mato, atrás da clareira, feita pelos homens brancos junto à cabana. Nalguns pontos, os cipós tinham sido cortados a faca, mostrando indícios da passagem de seres humanos pelo denso matagal. E a picada seguia no rumo sul. Estávamos na margem direita do Rio Jacumã.

— Vamos acampar aqui, esta noite — resolvi. — Amanhã de manhã seguiremos viagem, a pé, pelo interior do caetê. Esta picada nos levará a alguma parte.

Fizemos um balanço de nossos magros haveres, acendemos uma fogueira no terreiro e comemos o nosso primeiro almoço na selva. Ali passamos a noite, dividindo os turnos de vigilância. Ficou estabelecido que um de nós ficaria de guarda de quatro em quatro horas. A noite foi dividida em três períodos de quatro horas cada um; assim, cada um de nós pôde dormir oito horas. Mark foi o primeiro a ficar de guarda, Charles o segundo e eu o terceiro. Dessa forma, eu e Mark pudemos dormir oito horas seguidas, ao passo que Charles teve seu sono interrompido das dez horas da noite às duas da madrugada, dormindo dois períodos de quatro horas. Durante meu turno de guarda, das duas às seis da manhã, ouvi apenas o ronco de uma onça e os gritos dos macacos, mas não vi nada alarmante. A floresta continuava imóvel, exalando um calor úmido e nos enviando ondas de mosquitos, que recuavam graças aos repelentes que tínhamos esfregado na pele. Às quatro da madrugada começou a chover, mas, como meus companheiros dormiam debaixo da cabana, não os acordei, nem eles sentiram a diferença da temperatura. Fez um pouco de frio, pela madrugada.

Às seis da manhã juntamos nossos pertences, enfiamos tudo nas sacolas e pusemo-nos em marcha, furando a selva pela picada aberta sob as árvores frondosas. Felizmente, tínhamos trazidos botas altas (para nos protegermos das picadas das cobras venenosas) e roupas de pelica, que nos aqueciam horrivelmente, mas nos defendiam dos espinhos.

A travessia da picada, por dentro do caetê bravio, foi uma pequena odisseia. Mas, àquela altura, não podíamos desistir de nosso empreendimento. Marchamos durante quatro dias, no rumo sul (e, às vezes, sudoeste) sem encontrar nenhum índio. Mark era um excelente caçador e não deixou que nos faltasse carne. Comemos uma capivara, um tapir e uma paca. Só sentimos a falta do sal. Também comemos dois pássaros, que me pareceram patos selvagens.

No quinto dia de viagem, depois de um novo sono ao lado de duas fogueiras, destinadas a afastar os animais ferozes, eu e Mark acordamos ao mesmo tempo (às quatro e meia da manhã, quando o sol ainda não nascera) e não vimos Charles no seu posto de guarda. Nosso jovem e valente geólogo devia ter me acordado às duas horas, para que eu o rendesse.

— Que aconteceu? — resmungou Mark, ainda ensonado, sentando-se na rede.

— Não sei — respondi, subitamente alerta. — Só sei que alguém me tirou a pistola do coldre, enquanto eu dormia!

No mesmo instante, tivemos uma cruel revelação. Nossas armas e instrumentos tinham desaparecido misteriosamente! Minha bússola também fora levada! E Charles sumira durante o seu turno de ronda!

— Ainda me resta uma faca — rosnou Mark, saltando da rede. — Onde estão esses malditos?!

Demos uma busca inútil pelas proximidades, enquanto o dia nascia. Ao nosso redor, a selva continuava imóvel, embora ouvíssemos grasnidos de animais por toda a parte. Também saltei da rede e empunhei outra faca, que tinha enfiado no cano de uma bota. Sob nossos pés, as folhas secas e úmidas não estalavam, mas pareciam gemer lugubremente. Chovia e a água pingava das altas copas das castanheiras e sumaumeiras, algumas com quarenta metros de altura. Ali embaixo, no âmago da floresta tropical, não havia mais claridade do que aquela que proporcionaria uma vela acesa. Mas nossos olhos já estavam acostumados à meia penumbra e sondavam angustiadamente a solidão que nos cercava. Nossas capas impermeáveis estavam encharcadas.

— Onde teria se metido ele? — perguntou Mark, em voz baixa.

— Não sei. Não estou gostando disto, não! Sinto a presença de mais alguém, ao nosso redor! Dezenas, centenas de olhos humanos, na tocaia! Não sei por que não nos mataram ainda! Eles estiveram aqui, no nosso acampamento, e carregaram nossos armas! Podiam ter nos cortado o pescoço! E Charles não soltou um grito! Por quê?

— Talvez por isso mesmo — disse Mark, sombriamente. — Nada de pânico, Helyud. Afinal, ainda estamos vivos. Vamos procurar Charles. Ele tem que estar por aqui.

Realmente, Charles Winnegan estava ali, naquela floresta imensa e hostil, mas muito longe do lugar onde nos encontrávamos. Eu e Mark tivemos que seguir pela margem de um comprido igarapé, até o encontrarmos. O riacho corria na direção sudoeste e ia desembocar numa lagoa pantanosa. Até ali pudemos seguir a pista de Charles, examinando o solo e encontrando as marcas de suas botas. Mas, ao lado dessas marcas, havia outras, que nos pareceram sinais de tamancos. Ao seguir o igarapé até à lagoa, nosso companheiro não estava sozinho!

À margem da lagoa eu e Mark paramos e olhamos ao redor, impressionados. O dia se passara e a noite vinha caindo. O silêncio, ali, era ainda mais profundo do que no meio da mata cerrada. Na nossa frente, para lá do pântano, erguia-se uma elevada massa de rochas cristalinas (aparentemente das Eras Proterozoica ou Arqueozoica, com mais de um bilhão de anos de existência) no cimo da qual devia haver um grande platô que se perdia no horizonte. O local era majestoso e assustador. E o silêncio nos oprimia, como se estivesse carregado de ameaças. Tudo, ali, se nos afigurava perigoso.

— A aldeia dos índios brancos — sussurrou Mark. — Deve ser lá em cima! Temos que atravessar este charco!

Mas, como? A lagoa parecia circundar completamente o platô, impedindo a passagem. Depois de andarmos alguns metros ao redor da água podre, desistimos de ir mais além. Era impossível atravessar a lagoa sem um barco. E dizer-se que, lá em cima, poderia haver uma tribo de descendentes dos vikings!

— As árvores! — lembrou Mark. — Ainda temos duas facas. Vamos fazer uma balsa! Já agora, temos que subir àquele platô! É possível que Charles também esteja lá em cima!

Mas não estava. Voltamos ao mesmo lugar onde tínhamos desembocado alguns minutos antes e, então, vimos algo estranho boiando no pântano. Era uma visão macabra. Quase ao mesmo tempo, soltamos um grito de horror.

Charles Winnegan deixara o mundo dos vivos.

Capítulo III
A SURPREENDENTE VALHALAH

Sim, Charles Winnegan deixara o mundo dos vivos! E seu cadáver, semissubmerso, mostrava indícios de um cruel espancamento! Tinham lhe arrancado até os olhos!

"Eles" estava ali! Não havia mais dúvidas de que "eles" tinham aprisionado e assassinado Charles, tinham nos roubado e, agora, também iam nos matar! Estaria eu condenado a morrer às mãos dos sanguinários descendentes dos piratas vikings, sem ter a suprema ventura de lhes ver os rostos barbudos ou os capacetes normandos?

Foi aí que eles apareceram! Mas não eram vikings, nem eram homens brancos. Quando eu e Mark acabamos de puxar o corpo de nosso infeliz companheiro para lugar seco, dispostos a dar-lhe uma sepultura cristã, sentimos que não estávamos sozinhos. Erguemos a cabeça, ao mesmo tempo, e olhamos ao redor. Agora, na floresta que se fechava às nossas costas, o silêncio fora rompido por um estranho crepitar de folhas secas.

— Cuidado! — exclamou Mark, pondo-se de pé, agarrado ao facão.

Também me endireitei, com a faca em punho. Vultos vermelhos começavam a surgir, silenciosamente, por trás dos troncos de árvores, cercando-nos a curta distância. Só havia uma saída, que era a lagoa. Mas não poderíamos atravessá-la; nadar, naquelas águas poluídas, ou caminhar, naquelas areias movediças, seria morte certa. E ali ficamos, de pé, costas com costas, decididos a vender caro a nossa vida.

Os vultos se aproximaram sem ruído, transformando-se em dezenas de índios altos e robustos, com o corpo nu pintado de vermelho e preto (urucum e jenipapo) e armados com lanças, flechas e tacapes. Alguns tinham escudos e espadas penduradas no cinturão de couro curtido. Não, não eram vikings, pois não tinham as características da raça nórdica pura; pareciam, antes, mestiços.

Eles não diziam nada, nem demonstravam hostilidade; aproximavam-se, simplesmente, envolvendo-nos num semicírculo delimitado pela lagoa.

— Talvez sejam Paracanãs — sussurrou Mark, sem baixar o facão. — Os índios do Médio Tocantins também se pintam assim, substituindo as roupas pela tintura do urucum e do jenipapo. Vou tentar falar com eles.

E ergueu a voz:

— *Mu ê pa, pachés?* Que é isso, amigos?

Mas os índios pareciam não entender a pergunta. Mantiveram-se imóveis e silenciosos, contemplando-nos curiosamente com seus olhos congestionados. Os rostos deles também estavam pintados com riscos vermelhos e pretos, o que lhes dava um aspecto selvagem. Súbito, um deles se destacou do círculo e aproximou-se mais, sem demonstrar temor pelas nossas facas. Esse era um homem branco, sem dúvida, mas as pinturas de seu corpo desnudo tornavam-no quase igual aos outros. A única diferença estava no capacete de metal, que ostentava por cima do rosto sombrio, onde se via uma grande barba ruiva.

— Vocês também — disse ele, num inglês imperfeito, mas compreensível.

— Vocês falam a minha língua? — perguntou Mark, surpreso.

O gigantesco guerreiro mostrou os dentes brancos, por entre a barba hirsuta.

— Sim. Um pouco. Seu amigo matar um dos nossos, com arma de fogo. Por isso, morrer.

Eu e Mark nos entreolhamos, perplexos; depois, baixamos as facas.

— Nós não matar — disse eu, imitando a pronúncia arrevesada do selvagem. — Nós, amigos. Por isso, não matar também. Okay?

— Quem são vocês? — inquiriu o gigante, com ar orgulhoso.

— Helyud Sovralsson e Mark Spencer — respondi, apontando para o meu peito e para o de Mark. — Não queremos fazer mal. Queremos apenas conhecer vocês e fazer amizade com vocês. Okay?

— Helyud Sovralsson — repetiu o índio branco, subitamente interessado. — Por que Sovralsson?

— Sou norueguês — expliquei. — Meu companheiro é americano do norte.

— *Norrman* — disse o barbudo. — *En norrman?*

Senti um arrepio na espinha. "Norrman" era uma palavra escandinava, da época dos vikings; diversas vezes eu a encontrara em escritos rúnicos do século XI e a traduzira para o Viking Museum de Nova York.

— Sim, sou um norueguês — afirmei. — E você, quem é? Quem são vocês?

— Thorvald Vilgerson — disse claramente o gigante. — *Nacons* de Vallalah.

Fiquei gelado pelo espanto. O índio usava, pelo menos, três idiomas diferentes. "Nacons" significava "guerreiros", no dialeto dos astecas! E "Vallalah" era uma corruptela de "Valhalla", o paraíso dos vikings e dos germanos! Eu estava emocionadíssimo. Não havia dúvidas de que aqueles selvagens descendiam dos normandos do tempo de Erik, o Vermelho!

— Amigos — disse eu, estendendo a faca na palma da mão. — Não somos *skraelings*. Também somos gente do norte.

III • A Surpreendente Valhalah

— *Skraelings* — repetiu o guerreiro, encantado, demonstrando conhecer o termo com que os groenlandeses designavam os pele-vermelhas da América do Norte.

Depois, apanhou minha faca e a de Mark, enfiando-as no cinturão de couro. E recuou dois passos, sempre sorrindo.

— *En pep* — disse ele. — Sovralsson *not*.

"Um morre", era o que ele dizia, na linguagem dos vikings! Olhei para Mark e vi que ele tinha empalidecido horrivelmente.

— Fiz mal em lhe entregar a faca — rosnou meu companheiro.

Não houve tempo para mais nada. De repente, o gigante da barba ruiva, que devia ser um dos chefes dos guerreiros, fez um gesto e vários índios se atiraram em cima de Mark. Pulei para defendê-lo, mas fui agarrado por outros selvagens, que me reduziram à impotência. Enquanto eu gritava e esperneava nas mãos fortes dos selvagens, Mark era surrado brutalmente com tacapes de um metro e meio. O massacre durou alguns minutos. Meu companheiro já estava caído na terra negra, coberto de sangue, mas os agressores continuaram a malhá-lo cadenciada e impiedosamente. Por fim, o chefe Thorvald fez outro gesto e seus comandados se afastaram do corpo inerte de Mark. O gigante ruivo adiantou-se, examinou a vítima do linchamento e, ajoelhando-se ao lado dela, abriu-lhe a boca. Desviei os olhos, horrorizado.

— *Rope af blop* — disse um dos selvagens que me sujeitavam os braços. — *Op pep*. Sovralsson *not*.

"Vermelho de sangue e morto"! Não havia mais dúvidas de que aqueles homens falavam o antigo dialeto viking! Mas eu estava tão impressionado com a morte de Mark Spencer que, no momento, só pude vomitar. A floresta parecia rodar em torno de mim, com os índios bailando uma dança silenciosa e macabra. Quando dei acordo de mim, estava sentado junto ao tronco de uma árvore, amarrado com cipós e cordas de salsaparrilha. Na minha frente, o gigantesco Thorvald sorria, mostrando-me algo sangrento na palma da mão. A língua de Mark!

— Seu amigo — disse ele, no mesmo inglês arrevesado. — está morto. Todos têm que morrer, para não subirem ao Valhallah. Ninguém deve conhecer o Valhallah. Mas você é da raça das *batabs* e viverá, para conhecer os *akhins*.

Tudo aquilo causava uma terrível confusão na minha cabeça! "Batabs" era o título com que os astecas honravam os seus chefes supremos, encarregados da administração das aldeias. E "akhins" eram os sacerdotes do culto de Kukulcan, a Serpente Emplumada com que os maias-toltecas representavam o deus asteca Quetzalcoatl!

— Helyud Sovralsson — murmurei, mecanicamente. — Sou norueguês, descendente dos vikings normandos. Vocês não devem me matar. Sovralsson é o meu nome.

— Sim — disse Thorvald, dando uma gargalhada bestial.

Mas ainda me estaria reservada outra cena macabra. Diante de meus olhos horrorizados, os índios cafuzos acenderam uma fogueira à margem do pântano e, quando o fogo se fez bem vivo, depositaram em cima da lenha incandescente os dois cadáveres de meus companheiros. Aquilo era uma pira funerária! E eu assisti, impotente, à cremação dos dois corpos massacrados. Só me restava rezar pela alma das vítimas.

A fogueira crepitou durante a noite toda, destruindo os corpos de Charles Winnegan e Mark Spencer; pela manhã, restavam apenas cinzas que os índios recolheram em urnas de barro, também pintadas artisticamente com desenhos vermelhos e pretos. Thorvald estava sentado ao meu lado, com a espada no colo e o capacete de plumas atirado para trás da cabeça. Sorria maliciosamente.

III • A Surpreendente Valhalah

— As cinzas — disse ele. — são boas para a agricultura. E o que veio da terra à terra deve voltar. Agora, atravessaremos as águas.

Eles me desamarraram e me disseram que não tentasse fugir. Pouco a pouco, eu ia me familiarizando com sua linguagem gutural, onde havia palavras do antigo normando e do antigo britânico, bem como certas expressões maias ou astecas. Mais tarde, vim a saber que a raiz da literatura dos valhalas era o "Futhark" encontrado nas pedras rúnicas do tempo dos vikings. Afinal, apareceu uma grande canoa no igapó e eu pude confirmar as minhas suspeitas, a respeito da origem daquele povo. O barco dos guerreiros mestiços tinha a forma inconfundível de um *drakko*, o barco normando usado pelos vikings em suas excursões de pirataria. Pude ver claramente a proa e a popa arrebitadas, com uma caraça na ponta, imitando a cabeça de uma serpente. A única diferença era que aquela canoa não tinha a vela triangular característica dos *drakkos*, sendo movida apenas por oito pares de remos. Os quatro remadores eram homens brancos, como Thorvald, mas nenhum deles tinha uma barba tão imponente. Logo que o barco encostou na terra firme, fui empurrado para dentro dele e obrigado a ficar de cócoras, no fundo. Thorvald entrou também, majestosamente, e deu um grito gutural. A canoa afastou-se da margem da lagoa, deixando os outros índios na floresta, sacudindo os escudos no ar.

— Eles não vêm? — perguntei ao gigante ruivo.

— Não — respondeu ele, secamente. — Os *nacons* não podem subir ao Valhalah. Só os *halchnacons* é que podem. E, assim mesmo, quando há necessidade.

Eu me entendia perfeitamente com ele, mas estava apavorado demais para manter uma conversação coerente. Calei-me e ali fiquei, encolhido, no fundo da canoa, vendo apenas o céu azul por cima da cabeça. Tinha cessado de chover e o dia estava quente, claro e luminoso. Ao longe, os pássaros da selva cantavam alegremente. E, de vez em quando, ouvia-se um ruflar de asas.

A imensa lagoa tinha trechos profundos, mas outros eram tão rasos que os remadores precisavam saltar (com água pelos joelhos) e empurrar o barco com as mãos. Afinal, chegamos ao outro lado do igapó e a canoa embicou numa areia amarela. Estávamos no sopé da colina rochosa. Mas não se via nenhum caminho de acesso para o alto do platô.

— Saltar — ordenou Thorvald.

Pulei para a areia, que rangeu sob as minhas botas. O chefe dos *nacons* também saltou e fez um gesto aos remadores. Dois deles permaneceram nos bancos do *drakko*, mas os outros vieram agarrar-me os braços. Caminhamos na direção do talude rochoso, cortado a prumo sobre o areal, e paramos à sombra dele. Aí, Thorvald levou aos lábios um corno de boi e emitiu algumas notas agudas, que ressoaram na amplidão, como as de uma trompa de caça. A colina escarpada tinha mais de cinquenta metros de altura. Passaram-se alguns minutos e, de repente, ouviram-se umas batidas metálicas, no alto do platô, e um rinchar de correntes. Vimos, então, um estrado de ferro descer vagarosamente, rente ao talude. Media uns quatro metros de diâmetro e era parecido com um andaime de pedreiro. Olhando para cima, vi que as correntes do estrado partiam de dois guindastes que, pouco antes, não estavam ali em cima. Lentamente, o estrado baixou até o solo. Não se via ninguém no alto do talude.

— Entrar — disse Thorvald, indicando-me o estrado.

Obedeci. Os outros dois guerreiros entraram comigo. O gigante ruivo também pulou para cima do andaime e este pôs-se a subir com a mesma lentidão com que descera. À medida que subíamos, a paisagem, ao redor, foi se modificando. Era impressionante. A lagoa foi ficando menor e as grandes sumaumeiras da floresta também pareciam ir se reduzindo. Ao

III • A Surpreendente Valhalah

atingirmos uns quarenta metros de altura, ficamos ao nível das copas das árvores e pudemos extasiar os olhos com aquela visão panorâmica. O imenso tapete verde estendia-se até se perder de vista, no horizonte. Nunca senti tão profundamente o impacto da solidão.

Thorvald também olhava para a floresta com respeito e um pouco de medo. Mas sua expressão de receio tornou-se mais acentuada quando o estrado atingiu o alto do talude e foi pousar na beira do platô.

— O povo valhala — anunciou o guerreiro da tribo.

Havia diversas pessoas à nossa espera. Gente estranha, aquela. Eram índios e não eram; eram civilizados e selvagens, ao mesmo tempo. Mas, incontestavelmente, eram pessoas da raça branca. Homens e mulheres, louros e morenos, todos usando apenas tangas coloridas, mas sem pinturas no corpo. E todos risonhos, amáveis, cordiais, muito diferentes dos mestiços armados que viviam na floresta. Aquela gente era nórdica, sem dúvida alguma, pois tinha as características biotipológicas dos povos escandinavos. Não pude deixar de exclamar:

— Mas... são vikings!

O grupo de índios brancos ouviu e aplaudiu minhas palavras. Todos se mostravam muito satisfeitos.

— *Norrmen* — disse uma mulher gorda, de grandes seios caídos. — *Fro Winland!*

Noruegueses da Vinelândia! Vikings imigrados da América do Norte! Aquilo era maravilhoso demais para ser verdadeiro! No entanto, eu não podia duvidar de meus olhos e de meus ouvidos! Finalmente, tinha-os encontrado!

— Caminhar — ordenou Thorvald, dando-me um empurrão. — As *batabs* e os *akhins* dirão se você pode se misturar com o povo!

Cambaleei e quase caí, mas um dos homens brancos do platô amparou-me gentilmente. Meu cantil tinha caído e ele o recolocou no meu ombro. Logo, os outros dois guerreiros mestiços voltaram a segurar meus braços e puxaram-me para o interior do platô. Surpreendentemente, o solo era cimentado com um material refratário ao calor e à umidade. Thorvald foi atrás de nós, afastando os homens brancos que procuravam ver-me de perto.

Mas a minha surpresa e o meu encantamento ainda foram maiores quando vi as maravilhas que me cercavam. Existia uma verdadeira cidadela fortificada, no cume da colina rochosa, que tinha a forma de uma mesa gigantesca. Depois de atravessarmos altas muralhas de pedra, penetramos numa espécie de aldeia asteca com influência normanda. Ali havia não apenas casas (semelhantes às *skalis* dos vikings) mas também pirâmides e palácios de mármore! As casas, enormes, construídas com pedras britadas e argamassa, ficavam ao norte da cidadela, ou seja, no local onde tínhamos saltado; devia haver uma dúzia delas, capazes de abrigar até 300 ou 400 famílias. Atravessamos por entre essas casas rústicas, percorrendo ruas largas de piso macio, e atingimos uma praça central, onde se viam quatro outras edificações em forma de pirâmide asteca, inclusive com a escadaria característica. Não pude descobrir logo para que servia uma das pirâmides, mas duas delas eram, sem dúvida, um observatório meteorológico e uma oficina. No alto da pirâmide da direita (a mais alta) pude lobrigar[2] o canhão de um telescópio. Incrível, um telescópio no meio da selva amazonense! Mas ali estava ele! Nem mesmo os astecas tinham chegado a essa perfeição, embora já conhecessem a astronomia e relacionassem a vida da Terra com o movimento dos astros.

— Para a frente! — rosnou Thorvald, ao ver que eu me detinha para observar as pirâmides.

---

2. Nota do org.: **Lobrigar:** enxergar com dificuldade na escuridão ou penumbra; ver a custo; entrever.

III • A Surpreendente Valhalah

Continuamos a caminhada, atravessando a praça central (cujo piso também era macio e facilitava o andar) e logo defrontamos cinco imponentes palácios de mármore branco, também construídos (no estilo dos templos astecas) no alto de uma larga escadaria de pedra-sabão. Mais tarde vim a saber que três daqueles palácios representavam os Poderes Legislativo, Executivo e Judiciário da surpreendente Valhalah, ao passo que os dois últimos eram um templo dedicado a Odin e uma igreja dedicada a Jesus Cristo.

Foi com grande emoção que vi uma cruz céltica no alto do templo cristão; ajoelhei-me e, diante do espanto dos guerreiros que me empurravam, rezei contritamente, agradecendo a Deus a preservação de minha vida e a suprema ventura de ter encontrado os descendentes dos vikings que tinham aportado ao continente americano quinhentos anos antes de Cristóvão Colombo. Minha teoria, à qual dedicara toda a minha vida, estava certa! Mas teria eu oportunidade de voltar ao seio da *minha* civilização, para prová-la? Ou estaria condenado a morrer também, levando para o túmulo o segredo dos valhalas?

Capítulo IV

AS MULHERES MANDAM

Um gongo soou, nalguma parte, e eu senti o som reverberar em meus nervos tensos. Estávamos diante do palácio principal de Valhalah. Muitos dos índios brancos da cidadela tinham nos acompanhado e enchiam a praça. Imediatamente, as grandes portas de bronze do Palácio do Executivo se abriram e surgiu um grupo de mulheres de todas as idades, liderado por uma espécie de valquíria sem armadura, mas com um elmo emplumado na cabeça. Era uma visão insólita. As mulheres também usavam apenas tanga e tinham os seios nus. Louras, morenas e ruivas, altas e brancas, denotavam claramente a sua origem nórdica; não havia mestiças entre elas.

— As *batabs* — anunciou Thorvald, fazendo continências. — Brunhilda é a administradora mais experiente. Ela falará com você.

Quando o grupo das valquírias desnudas me cercou, pude observar melhor a tal Brunhilda. Era alta, loura e robusta, com longos cabelos dourados caídos sobre as costas. Aparentava ter uns 45 anos de idade.

Thorvald dirigiu-se a ela respeitosamente, relatando tudo quanto ocorrera na floresta. Falavam um dialeto normando arcaico, misturado com expressões incompreensíveis para mim, talvez maias ou astecas. As outras mulheres ouviam atentamente, contemplando-me com simpatia e curiosidade. Por fim, a mulher alta e loura sorriu e voltou-se, para fitar-me nos olhos.

— Seu nome é Sovralsson? — perguntou, numa voz quente, de contralto, usando a linguagem dos antigos vikings.

Respondi afirmativamente, no mesmo idioma, que eu aprendera à custa de desenterrar lajes com escritas rúnicas. As mulheres mostraram-se muito contentes, ao verem que nos entendíamos.

— De onde vem você? — inquiriu Brunhilda.

Desviei os olhos de seus seios enormes, muito brancos, com veias azuis.

— Venho do norte, senhora. Da terra dos *skraelings*, que agora estão civilizados. E sou norueguês, como vocês.

— Não somos noruegueses — respondeu a loura. — Somos descendentes do povo que veio do norte, através dos rios e das florestas. Mas muitos séculos se passaram, desde que nossos antepassados conquistaram esta terra. Se você é da nossa raça e teve a mesma origem que nós, poderá viver em Valhalah. Nenhum outro estrangeiro, vindo de terras remotas, pode entrar em nossa família. Agora, estamos perfeitamente isolados e não seremos mais molestados pelos guerreiros brancos. Nosso povo tem o direito a se perpetuar em paz, bebendo a água da Fonte da Felicidade.

— Ele é um dos nossos — disse uma das mulheres do grupo.
— É alto, forte, e bonito como os nossos *halchuinins*. Ele deve ficar vivo e trabalhar conosco, porque certamente sabe fazer alguma coisa útil. Voto para que ele seja recebido em Valhalah e adotado pela nossa família.

A mulher que falara era uma das mais jovens das *batabs*. Aparentava apenas 16 ou 17 anos de idade. Era muito bonita, de corpo branco e esbelto, seios empinados e coxas grossas e roliças. Morena, de longos cabelos negros, tinha os olhos castanhos e doces. Seu sorriso era puro e ingênuo como o de um anjo.

Imediatamente, as outras mulheres puseram-se a papaguear, concordando com a opinião da garota. Brunhilda fez um gesto e suas companheiras se calaram.

— Também acho que ele pertence à nossa raça e poderá ser adotado por nós, tornando-se um irmão valhala. Mas, como se trata de um precedente perigoso, teremos que ouvir a opinião dos *akhins* e fazer uma votação entre o povo. Entretanto, o estrangeiro será interrogado na Sala de Recepções, onde são recebidos os *halchnacons*. Thorvald garante que ele, agora, está sozinho e mais ninguém o seguiu. Havia três outros homens na expedição, mas foram mortos, antes que se comunicassem com suas famílias ou suas tribos. Nenhum dos homens mortos era louro, nem tinha um corpo igual ao nosso. Eles também trouxeram uma máquina de voar, mas os *nacons* a destruíram com suas flechas.

— Nesse caso — disse a garota morena, com sua voz meiga e sonora. — não há perigo de que o belo estrangeiro tenha sido seguido até aqui.

— Não — admitiu Brunhilda. — Eu falarei com ele, na Sala de Recepções.

Fui levado para um salão do palácio, onde apenas entraram as valquírias; Thorvald e seus dois guerreiros, depois de terem feito nova continência, olharam curiosamente para o palácio e foram embora. Os índios brancos também se dispersaram, rindo e cantando, em busca de seus afazeres.

Na Sala de Recepções, fizeram-me sentar num banco de madeira (rústico e quadrado, lembrando vagamente o estilo gótico) e Brunhilda sentou-se na minha frente. As outras mulheres ficaram de pé, em silêncio, enquanto a moreninha se enrodilhava perto dos meus joelhos.

— Conte-me a sua saga — pediu a mulher loura, com amabilidade. — Depois eu lhe contarei a nossa.

Não foi difícil nos entendermos. Narrei-lhe toda a minha vida e o meu ardente desejo de provar que os vikings tinham desembarcado na América do Norte nove séculos atrás. E jurei que viera à Amazônia apenas com aqueles meus três infortunados companheiros, sem deixar nenhuma pista atrás de mim.

— Isso é bom — disse Brunhilda. — Nosso povo não quer manter contato com os estrangeiros. Todos aqueles que nos cercam, na Terra, são nossos inimigos e querem destruir a nossa harmonia. Os outros homens se dedicam à guerra e à ambição, porque não bebem na Fonte da Felicidade. Nós, valhalas, bebemos na fonte e não fazemos guerra. Mas temos que nos defender. Há muitos séculos que os estrangeiros nos combatem e nós fugimos deles, para não sermos escravizados. São os *nacons* que protegem Valhalah, permitindo assim que o nosso povo possa viver como bem entende. Há muitos e muitos séculos que nós vivemos isolados do resto do mundo. Sabemos que existem outros povos na Terra, mas eles são diferentes de nós e querem nos escravizar. Você, porém, é um *halchuinin* da nossa raça e, embora talvez pense como os inimigos dos valhalas, poderá ser educado dentro das nossas leis, aprendendo a respeitar os direitos de seus semelhantes.

— Quem é o chefe dos valhalas? — perguntei.

— Não temos nenhum chefe — respondeu a valquíria. — O povo de Valhalah é governado por um grupo de mulheres viúvas, que sempre se renovam nos cargos administrativos. A mais inteligente das *batabs* confirma as leis e dirige as obras públicas, mas não tem poder para criar o bem-estar. São as viúvas do Palácio das Leis que criam o bem-estar, confirmado por nós, do Palácio da Aceitação. Mas só aceitamos as leis que forem benéficas ao povo.

E Brunhilda continuou a falar, revelando toda a estrutura político-social da cidadela de Valhalah. Vim a saber, então, que aquele povo (cerca de duas mil almas) emigrara, há muitos anos, do norte, da Colômbia ou da Venezuela, estabelecendo-se naquele platô isolado da Amazônia, no Brasil. Os *halchuinins* (trabalhadores) eram brancos puros e não se misturavam com os *nacons*, que eram mestiços de brancos com índios. Uns e outros eram governados pelas *batabs* (viúvas), encarregadas de toda a administração pública. O Valhalah, portanto, era uma espécie de matriarcado, onde os homens apenas trabalhavam em oficinas ou amainavam a terra (havia vastas plantações ao sul do platô), dividindo os produtos essenciais de acordo com a necessidade de cada um, por meio de cotas de trabalho. Esse regime, herdado dos antigos vikings, fora aperfeiçoado durante séculos, de maneira que, naquele estágio da civilização valhala, os homens mais úteis à coletividade tinham direito a usar livremente o seu excesso de cotas de trabalho, repousando, passeando ou adquirindo objetos de arte e instrumentos mais confortáveis.

Era lógico que as mulheres exercessem os cargos públicos da cidadela, cuidando da administração da tribo, pois sempre tiveram mais jeito para a economia doméstica, mas achei um absurdo que os homens fossem dominados por elas. Eu não entendera bem a explicação e pensava que ali, como nas outras partes do mundo, os políticos se aproveitassem de seus cargos para se transformarem em ditadores.

— Nesse caso — obtemperei, cautelosamente. — em Valhalah são as mulheres que mandam?

A loura valquíria percebeu a minha dúvida e sorriu.

— Sim. De certa forma, é isso. Nós, as mulheres, sempre dizemos a última palavra. E, embora, os homens sejam mais fortes, votam a favor de nossos projetos e submetem-se de bom grado às nossas deliberações. Somos nós que entendemos de administração e bem-estar social.

Então, compreendi. Pensei na *minha* civilização e disse para mim mesmo que, afinal, não era muito diferente daquela. Em todos os países ditos civilizados também são as mulheres que decidem. Qual o político americano que não segue os conselhos de sua mulher? Qual o general que não se curva diante das sugestões estratégicas de sua esposa? Qual o chefe da Censura que não atende aos desejos coercivos de sua pudica companheira? Sim, ali, como em toda a parte, eram as mulheres que mandavam!

— Contudo — prosseguiu Brunhilda — apesar de serem as *batabs* as governantes, não se utilizam de seus cargos públicos em benefício próprio, pois recebem o mesmo número de cotas para a aquisição de mercadorias, igualando-se aos operários e aos agricultores.

— E o dinheiro? — perguntei.

— O que é isso? — respondeu ela.

— Ora essa! Todo profissional recebe um salário pelo seu trabalho!

— Também não sabemos o que é "profissional". Aqui, todos têm um ofício e fazem alguma coisa útil. Mas recebem cotas de trabalho, que só têm valor para a aquisição de outras coisas úteis.

Não havia o luxo, entre os valhalas, e, por isso, também não havia a ambição nem a revolta. O artesanato estava muito desenvolvido na cidadela, mas a tribo vivia quase exclusivamente da terra, havendo uma grande maioria de vegetarianos. Quanto aos *nacons*, os índios cafuzos (descendentes de um tronco de índios brancos que se mesclara com os selvagens locais), eram os responsáveis pela segurança e isolamento do platô e moravam em cabanas confortáveis, na floresta, à beira do igapó. Eram alimentados pelos *halchuinins*.

— Os *nacons* são guerreiros — explicou Brunhilda — mas os *halchuinins*, as *batabs* e os *akhins* não pegam em armas, nem têm instrução militar. Somos um povo pacífico, que superou o período das guerras e se dedica ao culto da Natureza. A terra nos dá tudo com abundância e não invejamos a vida dos outros seres da Criação, nem temos desejos de conquistar as terras que não nos pertencem. Depois que bebemos na Fonte da Felicidade, compreendemos que é aqui o nosso lugar. E aqui havemos de viver, em paz e alegria, até o fim dos séculos. É a água da fonte que nos torna felizes.

— Onde fica essa fonte? — perguntei.

— Você também beberá dela, quando se integrar na vida do nosso povo e se tornar um membro da nossa família. Basta que seja esse o seu desejo sincero.

— Meu desejo é conhecer melhor a saga dos valhalas — respondi. — Como lhe disse, Brunhilda, sou arqueólogo e procuro provas de que os vikings estiveram na América do Norte antes de Colombo.

— América do Norte? — fez a valquíria, perplexa. — Colombo?

Era evidente que os valhalas não tinham mantido contato com os espanhóis do século XVI.

— Sim — continuei. — Vocês são descendentes dos vikings, sem dúvida alguma. Meu desejo é conseguir uma prova disso, pelo estudo da civilização valhala. Tenho certeza de que, se vocês me derem alguns elementos materiais, chegarei a conhecer a origem remota de Valhalah.

— Também o creio — disse a loura. — Temos uma Sala de História, onde se encontram as sagas de nossos antepassados. Também temos a imagem, em pedra, do criador do povo valhala. Se você está disposto a ficar conosco, rompendo para sempre com seu passado e com a civilização bárbara de onde vem, nós lhe daremos os elementos que pede. E você será o nosso historiador. Você ensinará às crianças, nas escolas de Valhalah, as lições do passado. E talvez decifre o segredo do Criador.

— Isso talvez seja pedir muito — murmurei, impressionado. — Mas é claro que estou disposto a ficar aqui, entre vocês. Ainda que não estivesse, não me restaria outra alternativa. Estou completamente isolado do resto do mundo e sei que, se eu não obedecer ao Governo das mulheres, serei entregue aos *nacons*. Não gostei dos *nacons*. Eles mataram os meus amigos!

— Era preciso — suspirou Brunhilda. — Seus amigos não pertenciam à nossa raça e não podiam subir ao Valhalah. Os *nacons* matarão todos aqueles que vierem perturbar a nossa paz. Há muitos anos que moramos nesta floresta e nunca fomos descobertos; todos os estrangeiros serão calados pelos *nacons*, antes de subirem ao platô, antes mesmo de atravessarem o lago. Ninguém deve conhecer Valhalah, para que não traga o vício e a maldade para o coração do povo.

Ainda conversamos mais alguns minutos, e, depois que eu jurei fidelidade ao Governo das valquírias, levaram-me para um dos templos, a oeste da praça, onde fui apresentado a um grupo de sacerdotes idosos, de longas barbas brancas, vestidos com túnicas de algodão, leves e folgadas. Eram sacerdotes do culto pagão de Odin e Thor, o mesmo dos vikings, antes da conversão ao cristianismo. Os velhos ouviram a minha história e concordaram em que eu podia permanecer em Valhalah, desde que renegasse as minhas origens.

A mesma cena se repetiu no segundo templo, a igreja cristã. Os padres também concordaram com o meu desejo de trabalhar pelo bem-estar do povo valhala. Fiquei sabendo, então, que havia completa liberdade religiosa no platô. A maioria dos *nacons* era constituída por fiéis ao deus bárbaro Odin, ao passo que os *halchuinins* eram cristãos. Também havia algumas *batabs* cristãs, mas a maioria dedicava-se apenas ao culto da Natureza, não professando nenhuma religião humana. Todos, porém, acreditavam na existência de um Supremo Criador.

Por fim, fui levado para a Praça dos Palácios (cheia de homens, mulheres e crianças *halchuinins*) e os trabalhadores votaram a favor de minha permanência entre eles. Mas tive que despir minhas roupas de pelica (que alívio!) e vestir uma tanga igual à dos outros índios brancos. As valquírias explicaram que, devido ao calor daquela época do ano, aquela vestimenta simples era mais saudável; eles só usavam roupas pesadas no inverno ou durante os meses das chuvas.

Terminado o plebiscito, houve uma festa na praça, da qual eu fui o herói. As mulheres, louras e morenas, serviram-me frutas e uma bebida típica (uma espécie de hidromel) feita com uma planta tropical e mel de abelhas silvestres. Todos beberam alegremente e confraternizaram comigo. Em meio da comemoração, Brunhilda perguntou se eu gostaria de fazer uma visita à cidadela, antes de escolher a família com quem passaria a viver. Aquiesci.

— Odine será a sua cicerone — disse a loura, sorrindo. — Ela gostou muito de você.

Odine era a moreninha tímida, que votara em primeiro lugar pela minha permanência em Valhalah. Ela aceitou logo o encargo e agarrou-se ao meu braço. Seu corpo nu, colado ao meu, pôs-me bastante nervoso, mas disfarcei o desejo que me assaltava. Talvez eu tivesse bebido muito hidromel... Olhei para os seios pequenos e duros da garota e percebi que eles palpitavam. Talvez ela estivesse pensando o mesmo que eu.

— Obrigado, Odine — disse eu, fitando-a nos olhos castanhos e puros. — Ainda não bebi a água da tal Fonte da Felicidade, mas já estou me sentindo muito feliz.

Ela sorriu candidamente e respondeu:

— Eu também estou contente por você ter ficado entre nós. Meu marido morreu um ano depois do casamento e não me deu nenhum filho para que me lembrasse dele. Assim, tornei--me uma *batab*. Sou a mais jovem das *batabs*, mas meu voto vale tanto quanto o das outras. Entre nós, só as viúvas velhas não votam, pois são aposentadas aos cinquenta anos e tornam-se outra vez *halchuinins*. Logo que o vi, Helyud, gostei muito de você. Seu voto será sempre o meu, no Grande Conselho das *Batabs*. E você, gostou de mim?

Não era preciso responder. Contudo, tive escrúpulos em beijá-la, embora ela me oferecesse os lábios úmidos e rosados. Eu ainda não conhecia bem os costumes dos valhalas e poderia infringir alguma de suas leis.

Capítulo V

A MÚMIA DE PEDRA

Estou escrevendo estas páginas na Sala de História do Museu de Valhalah, depois de integrado na vida da comunidade. Ao meu redor há apenas silêncio. Toda a cidadela dorme, sob o céu estrelado dos trópicos. Este papel que estou usando, fabricado na oficina de Naddok, é branco e fino e assemelha-se ao chamado "papel de arroz" dos chineses. A tinta é fornecida por um fruto parecido com o jenipapo. Mas há poucos livros, na biblioteca do Museu, pois os valhalas gostam de destruir, incinerando-os, todos os objetos que consideram inúteis. Apenas os livros usados nas escolas são preservados. Os *akhins* também queimam os velhos instrumentos, para não deixarem sinais de sua passagem pela Terra. Um arqueólogo, dentro de alguns séculos, terá muitas dificuldades em reconstituir a civilização valhala. Não sei por que esta gente tem tanto medo de ser descoberta.

Já se passaram mais de vinte dias, desde a minha chegada ao platô, mas não sei dizer exatamente em que dia estamos. Os valhalas ainda usam o Calendário Juliano, que foi reformado pelo Papa Gregório XIII em 1582. Como se sabe, este calendário, criado por Júlio César em 45 A.C., atrasa-se três dias em cada 400 anos. Ora, como hoje é o dia 12 de janeiro no Calendário Valhalah, suponho que seja o dia 26 ou 27 no Calendário Gregoriano.

Minha visita à cidadela, acompanhado pela fiel Odine, foi muito proveitosa. Depois das explicações de Brunhilda, sobre o modo de vida dos valhalas, pude comprovar *in loco* tudo quanto ela me disse. A cidadela estende-se por cerca de cinco quilômetros quadrados, ao norte do platô, e é cercada por altas muralhas de pedra. Há, ali, 12 *skalis* (casa coletivas), cada uma das quais abriga 30 famílias. Os outros prédios são as fábricas, escolas, *ateliers* e oficinas. Há uma grande olaria, que fabrica tijolos refratários ao calor e à umidade. Os valhalas são hábeis na criação de louças, vasos de cerâmica, tecidos e objetos de arte com um acentuado estilo viking e asteca. A oficina metalúrgica fica a noroeste da cidadela, afastada das demais, e possui um excelente forno a carvão de pedra onde são fundidos os metais. Ao redor do platô há muitas jazidas de ouro, cassiterita, (estanho), manganês, cuprita (cobre), chumbo, magnetita (ferro) e diamantes. Os valhalas extraem esses minérios da terra e conduzem-nos, em carretas, para a fundição, onde são reduzidos a lingotes de metal puro e, depois, utilizados no fabrico de objetos de utilidade para o povo. O ouro é tão abundante que alguns *nacons* usam armas desse metal, embora a maioria use espadas de aço temperado. Os talheres de Valhalah são de ouro e as caçarolas, de bronze (cobre-estanho) e de ferro forjado. Todos os eixos das rodas são de diamantes.

Também há duas escolas e um hospital, no platô. A medicina está bastante adiantada, mas não há cirurgiões. A maioria dos remédios é feita de ervas medicinais. Há poucas enfermidades entre este povo forte e sadio. As crianças cursam as escolas até os 18 anos e, depois, passam a exercer o ofício pelo qual demonstram maior interesse. A astronomia é muito respeitada, porque os *akhins* dizem que há uma harmonia na Natureza e uma relação direta entre a vida dos astros e a dos homens. Qualquer criança valhala conhece a pluralidade dos mundos e não tem medo das tempestades. Apenas os *nacons*, que habitam a floresta circunvizinha, receiam o trovão e dizem que ele é o martelo de Thor batendo com raiva nas nuvens. Para esses guerreiros pagãos, o arco-íris também é uma ponte pela qual os deuses vão para casa...

A agricultura e a pecuária são cultivadas fora do platô, na várzea que se estende ao sul da colina rochosa e que também está sob a proteção dos *nacons*. Os valhalas comem pouca carne, mas gostam muito de legumes e vegetais. Há plantações de arroz, milho, mandioca, batata, feijão, cana-de-açúcar, tomates, etc. Também há muitas frutas, cada uma mais doce do que a outra. O moinho de trigo (a sudoeste do platô) é do tipo hidráulico.

Odine, a bela moreninha dos seios pequenos e duros, apresentou-me a várias famílias, na cidadela, e também me levou até às oficinas, para que eu visse os operários em pleno labor. Reparei que, ao contrário do que acontece na América, os trabalhadores de Valhalah gostam de fabricar as coisas e não se revoltam contra o trabalho cotidiano, nem reivindicam mais conforto. Como não há regalias, não há despeito nem ambição. As cotas de trabalho são distribuídas equitativamente, mas alguns operários, mais aptos ou mais dedicados, têm o direito de receber melhores instrumentos, que trocam pelas suas cotas extras. Assim, eles também trocam suas cotas de trabalho por objetos de arte. O Governo das *batabs* apenas lhes concede o essencial para viver; o resto é obtido por eles, individualmente, de acordo com o seu gosto e para o seu prazer. É curioso como todos os valhalas gostam de rir e brincar, nas horas de repouso; até agora ainda não encontrei um *halchuinin* de mau humor. Ainda mesmo aqueles que se encarregam das funções mais árduas vivem alegres e felizes, pois escolheram essas funções e suas vontades são respeitadas pelas *batabs*. Se não fosse a existência das *batabs* e dos *akhins*, eu diria que os valhalas tinham encontrado o ideal anarquista.

Odine me disse que todos, ali, estão contentes porque bebem na Fonte da Felicidade. Mas, à medida que conheço os *halchuinins*, vou me convencendo de que essa fonte não existe senão na imaginação deles; a felicidade está apenas dentro de seus corações. A prova é que até eu começo a me sentir feliz, por ver a felicidade dos outros homens brancos. Só à noite, quando me encontro sozinho, é que sinto um pouco de inveja desses índios brancos, que se contentam com tão pouco. E penso em que eu seria muito mais feliz se usasse os recursos da Natureza para minha grandeza pessoal. Odine disse que eu ainda tenho no coração os pecados da minha civilização, mas que acabarei por me libertar deles. Realmente, deve ser isso. Minha educação, no seio de outra sociedade mais materialista, tornou-me ambicioso e cheio de malícia. Ainda não compreendo muito bem a pureza e a ingenuidade dos valhalas.

Afinal, escolhi a família com a qual devo viver no platô, enquanto exercer o meu ofício de professor de História na Escola Superior de Valhalah. Estou morando na *skali* nº 8 da Rua dos Artistas, a leste da cidadela. Moram trinta famílias no enorme prédio de pedra e cal, distribuídas por dependências amplas e confortáveis. Em frente à casa, estende-se uma rua sossegada, onde os artistas plásticos se dedicam à confecção de suas belas obras, todas efêmeras. Sempre que saio de casa, pela manhã, encontro muitos pintores e escultores fazendo seus trabalhos manuais, rindo e cantando ao sol. As obras dos valhalas têm muita luz e cor e podem ser adquiridas por cinco cotas de trabalho ou recebidas de graça, no caso de haver muito interesse por elas. Há pintores que fazem um quadro por dia, no fogo da inspiração. Lamento muito que todas essas obras geniais tenham que ser destruídas, para que nunca venham a cair nas mãos dos outros povos. Os valhalas sofrem de complexo de perseguição.

Minha família, na Rua dos Artistas, tem como patriarca o velho Trond Gudlangson, que se diz descendente de um grande arquiteto, responsável por várias inovações nas casas de pedra. Atualmente, o velho e barbudo Trond Gudlangson está aposentado (tem 60 anos de idade) e dedica-se à pintura e à cerâmica. De acordo com o costume dos valhalas, ele cria seus jarros e, depois, os destrói quando eles já foram apreciados por todos. A arte Valhalah também não deixará vestígios sobre a superfície da Terra. Tudo, nesta cidadela, é queimado e suas cinzas são usadas como adubo para a lavoura. Inclusive os mortos. Ninguém chora os seus mortos entre os *halchuinins*, pois eles acreditam que suas almas irão fazer companhia a Jesus Cristo. Entre os *nacons*, os guerreiros mortos também são cremados e suas almas (de acordo com a crença pagã) vão lutar no Paraíso de Odin e Thor. Apenas as *batabs* creem na morte definitiva, mas julgam que as almas dos pais emigram para os corpos dos filhos; logo, elas também não são materialistas. Quando tiver tempo, farei um estudo sobre essas diversas crenças.

No momento, o que me interessa é provar, de uma vez por todas, que os valhalas descendem dos piratas vikings. E, agora, posso prová-lo com abundância de testemunhos escritos e gravados. Desde que assumi o cargo de historiador, passei a ter acesso a uma dependência secreta da *skali* onde funcionam o Museu da Valhalah e a Sala de História. Nesta última sala, há poucas pedras com inscrições rúnicas (as mais velhas tábuas de argila datam do século XV) mas, no subterrâneo do prédio, encontrei verdadeiros tesouros arqueológicos, salvos das incinerações periódicas comandadas, com grande pompa, pelos sacerdotes. Ali, naquele arquivo secreto, existe uma saga completa do povo valhala, que eu pude ler claramente, ao juntar os seus diversos fragmentos. Encontrei, até, lâminas de jade astecas, com escritas rúnicas em caracteres típicos do antigo "Futhark". Muitos objetos de arte maia, tolteca e asteca também têm inscrições rúnicas superpostas às figuras de Quetzalcoatl, seus pais Mixcoatl (a "Serpente das Nuvens") e Chimalman ("Escudo Inclinado"), bem como Tezcatlipec, o deus vingativo e cruel. Esse material, depois de convenientemente analisado, traduzido e colocado em ordem cronológica, deu-me a explicação do mistério. Por que existem índios brancos,

V • A Múmia de Pedra

de origem nórdica, no interior das Américas? Porque os atuais valhalas são descendentes diretos de dez famílias vikings, que vieram para o Novo Continente no ano de 1121! Eis a saga dos valhalas, de acordo com o "Valhalahbok", que eu tive a honra de escrever:

No ano de 1112, Eric Gnupson, primeiro bispo cristão da Groenlândia e Vinelândia, chegou à Groenlândia e erigiu, em Gadar, a sua Catedral. Já então a Vinelândia (América do Norte) fora descoberta por Leif Erikson (1003) e visitada por Rhorvald Erikson (1005), Thorfinn Karlsefni (1010), Freydis Erikson (1014) e Trond Halfdanson (1047). No ano de 1121, o bispo Gnupson partiu para a Vinelândia, num *drakko* com 30 homens e 10 mulheres, e nunca mais se ouviu falar dele. Na verdade, de acordo com as diversas fontes de informações que pesquisei nos subterrâneos do Museu de Valhalah, o barco de Eric Gnupson percorreu toda a costa leste da América do Norte, até à Flórida, onde ficavam os limites conhecidos do bispado. Aí, provavelmente em frente ao Cabo Canaveral, houve uma terrível tempestade, que fez o *drakko* ultrapassar o Estreito da Flórida e o atirou, desarvorado, para o Golfo do México. Sob a violência de um tufão, o barco afundou nas costas da Península do Yucatán, onde os náufragos procuraram refúgio. Salvaram-se do desastre 23 homens e 10 mulheres, além do bispo Gnupson, talvez ferido durante o temporal.

No Yucatán, os sobreviventes tiveram que enfrentar os *skraelings* (maias-toltecas), que mataram onze homens brancos, antes de confraternizar com os restantes. O bispo tinha falecido ("de morte em paz", diz a crônica) pouco depois do desembarque, mas os outros doze homens e dez mulheres sobreviveram, estabelecendo-se num platô isolado, quase inacessível, separado da aldeia maia-tolteca de Maiapan. Aí, esses pioneiros se acasalaram, formando dez famílias, e começaram a procriar filhos de pura raça escandinava.

Pouco depois, apareceram os astecas no Yucatán e subjugaram os maias-toltecas (como já tinham feito no interior do México), mas respeitaram os índios brancos da colônia viking do platô. Durante quase trezentos anos, os vikings, os maias, os toltecas e os astecas viveram em paz, embora as famílias dos índios brancos (já então em número muito maior do que no início da colonização) não se mesclassem com as famílias dos nativos. Os poucos noruegueses que se teriam acasalado com astecas deram início à tribo dos *nacons* (guerreiros) que, devido à sua inaptidão para o trabalho produtivo,[xxxiv] passou a exercer, na colônia viking, a defesa da comunidade mais esclarecida.

Com a chegada dos espanhóis (Colombo em 1492, Juan de Grijalha em 1515 e Hernán Cortez em 1518), os astecas e os vikings fugiram para Peten e Tikal, na Guatemala, onde ergueram duas aldeias independentes. Os numerosos descendentes dos primitivos 22 vikings da expedição do bispo Gnupson destruíram todos os vestígios de sua passagem pela América Central, com medo da perseguição dos espanhóis, embora jamais tivessem dado combate aos invasores; eram os guerreiros astecas que lutavam por eles. Evidentemente, a civilização viking, que tinha um passado guerreiro, mas atingira um alto nível cultural e pacifista, era mais apurada do que a dos astecas.

O êxodo dos astecas e dos vikings continuou, do ano de 1500 em diante, à medida que os espanhóis iam penetrando nos sertões da América Central. A última vez em que os dois povos se estabeleceram juntos foi em Copán, entre a Guatemala e Honduras; daí em diante, os valhalas (o termo foi dado, ao seu povo, pelos primitivos sacerdotes vikings) fugiram sozinhos, sempre destruindo os instrumentos que não podiam carregar e sempre dissimulando as suas pegadas. Veio daí o hábito, hoje arraigado entre os *halchuinins*, de incinerar tudo o que criam, com medo de serem localizados e escravizados por

V • A Múmia de Pedra

algum povo guerreiro. Os valhalas amam a paz, sinceramente, levando a sério as Sagradas Escrituras.

Em 1700, os fugitivos estiveram numa cordilheira que deve ser a de Yolaina, na Nicarágua; em seguida, atravessaram a Costa Rica e foram se estabelecer, por um século, numa serrania que deve ser a do Estreito de Darien, no Panamá, de onde fugiram para a Colômbia. Finalmente, deste último país emigraram secretamente para o Brasil, estabelecendo a sua Valhalah neste platô da Amazônia. E aqui se julgam seguros para sempre.

Não foi fácil obter as provas do que afirmo nesta narrativa, mas, agora, estou em paz comigo mesmo, pois sei que estes valhalas são realmente vikings. O próprio nome da cidadela, Valhalah, é inspirado no paraíso da mitologia escandinava. A derradeira prova de que estes índios brancos são normandos é a múmia de pedra do Criador da Nação Valhalah, ou seja, o bispo Eric Gnupson, cuja memória ainda hoje é venerada por aqueles que não sabem quem ele era.

Sim, porque eu também tive a suprema ventura de ver com meus próprios olhos a estátua de pedra, em tamanho natural, do sacerdote cristão morto há nove séculos nas costas do Yucatán. Ela se encontra justamente na dependência secreta (subterrânea) do Museu de Valhalah, deitada numa mesa de granito. Não é uma estátua, mas sim um corpo humano, mumificado por processos especiais nas cavernas geladas do Yucatán; ocorreu, com este organismo, o mesmo que com as árvores petrificadas do Arizona. Li as inscrições rúnicas na superfície da mesa que sustenta a figura de pedra e pude identificá-la. Aquele corpo petrificado de alta estatura, feições graves e serenas, é o do bispo Eric Gnupson, o Criador de uma nova civilização nórdica nas Américas. Seus olhos de pedra estão abertos e parecem fitar o futuro. Há uma grande paz no seu semblante majestoso. Os pelos de suas barbas podem até ser contados, pois estão perfeitamente conservados e se transformaram em basalto. Suponho que todos os órgãos internos do ilustre morto também estejam petrificados e tenham resistido à passagem dos séculos. Seu coração não bate mais, mas aquela estátua natural, impressionante, existirá ainda por muitos e muitos séculos, pois é uma das poucas coisas que os valhalas não pensam em destruir; a múmia de pedra do bispo Gnupson seguirá o povo valhala até à Eternidade.

Agora, estou pensando num meio de roubar a estátua e levá-la comigo para o Viking Museum de Nova York. As placas de argila do "Valhalahbok" são fáceis de transportar, mas a múmia de pedra, não sei... Contudo, penso seriamente em recolher este maravilhoso achado arqueológico. Qualquer estudioso de Arqueologia ou Antropologia, que ler este relato, compreenderá como é que eu me sinto.

Capítulo VI

UMA HISTÓRIA DE AMOR

Já se passou mais de um mês, desde a minha primeira visita à cidadela, em companhia de Odine. Durante este tempo todo, não vi mais a bela moreninha. Confesso que tive saudades dela. Nosso passeio, de mãos dadas, pelas ruas de Valhalah foi muito agradável. Todos os *halchuinins* sorriam para nós e demonstravam grande interesse em falar comigo. Todavia, era com dificuldade que eu traduzia o seu linguajar rústico, onde havia expressões completamente incompreensíveis para mim. Havia até famílias que ainda usavam, em casa, escritos rúnicos do "Futhork" germânico difundido na Europa 300 anos antes da época do bispo Gnupson. Só depois que redigi o "Valhalahbok" e li as minhas revelações históricas diante do Grande Conselho das *Batabs* é que pude me dedicar ao estudo do principal dialeto (normando-asteca) dos valhalas.

Logo depois de minha apresentação ao povo do platô, assumi o cargo de professor, na Escola Superior de Valhalah, e logo me tornei querido dos adolescentes, desejosos de conhecerem a origem remota da tribo e os usos e costumes dos outros povos da Terra. Para os meus jovens discípulos, a civilização de fora do platô era considerada bárbara. Eles não entendiam, principalmente, o conceito da propriedade.

— Deus apenas nos emprestou a Terra — disse-me uma mocinha sorridente. — Por isso, temos que tratá-la bem e devolvê-la depois, já que não passamos de simples inquilinos de Deus. Nada nos pertence e tudo o que tiramos da Mãe Natureza, para uso comum, a ela deve ser devolvido, ainda que transformado em cinzas. O fogo purifica as coisas, mas não destrói a sua essência.

Aprendi humildemente a lição e reformulei algumas de minhas teorias sobre umas tantas coisas da vida. De resto, atualizei o estudo de História Universal entre os valhalas, criei a cadeira de Arqueologia e ganhei várias cotas extras de trabalho, graças ao meu empenho na cátedra. Também foi por minha iniciativa (autorizada pelo Grande Conselho) que a múmia de pedra do bispo Eric Gnupson foi transportada para a Praça dos Palácios, ao sul da cidadela, e colocada num pedestal de granito. A cerimônia contou com a presença de todo o povo, inclusive as mulheres *nacons*. Estas, mestiças ou brancas, moram na floresta com os guerreiros, mas têm permissão para subir livremente ao platô. Há uma escada de pedra, no extremo sul da colina, cujos primeiros degraus mergulham na lagoa; só os *drakkos* dos *nacons* têm acesso a ela. Qualquer mulher *halchuinin* que se casar com um guerreiro torna-se automaticamente uma *nacon* e vai morar na floresta, com o marido e os filhos. É claro que só as mulheres sem uma ocupação útil, ou que se deixam seduzir pelos brilhantes capacetes de plumas dos guerreiros, descem para o planalto, renegando a companhia do povo. Os filhos dos *nacons* têm uma escola especial, onde aprendem a matar os estrangeiros que ameacem a segurança do platô. Quanto aos *halchnacons* (os chefes brancos), são *halchuinins* de mau caráter, que sentem prazer na destruição e escolhem a carreira das armas. Thorvald Vilgerson, filho do metalúrgico Jorund e sua mulher Hild,[xxxv] é o mais cruel dos *halchnacons*.

Hoje, finalmente, Odine apareceu outra vez. Eu não a via desde a inauguração da estátua do Criador e não falava com ela desde o nosso passeio turístico pela cidadela. Quando a garota entrou na Sala de História, confesso que senti uma grande emoção. Por coincidência, eu estava justamente pensando nela.

VI • Uma História de Amor

— Deixei passar o período da dúvida — disse a moreninha, sentando-se num banco. — e vim falar com você sobre um assunto muito sério.

Reparei que ela não estava mais com o busto completamente desnudo, como no dia em que nos tínhamos conhecido; agora, havia uma leve blusa de linho colorido sobre os seus seios empinados.

— Por que isso? — perguntei. — No verão, os valhalas não ligam para essas coisas...

Ela abaixou os belos olhos castanhos. Parecia encabulada.

— Achei melhor tapar meu corpo, Helyud. Você é um estrangeiro, apesar de também pertencer à nossa raça. E não gostei da maneira como você olhava para meu corpo, durante nossa visita a Valhalah. Os estrangeiros têm ideias muito estranhas sobre isso. São iguais aos bichos da floresta.

— Não me diga que você está com vergonha de mim...

— Estou — confessou ela. — Mas só de você.

Aquilo era curioso, pois nenhuma valquíria demonstrava pudor, encarando o nudismo com a maior naturalidade.

— É desagradável — continuou Odine. — mas não poderei mais andar despida diante de você. Você olhou para mim de maneira muito estranha... e eu me senti doente. Agora, pode olhar para mim sem preconceitos, porque eu não sou diferente de você. Os homens e as mulheres são iguais, Helyud. Os bichos é que são diferentes.

— Também há uma pequena diferença entre um homem e uma mulher...

— Você se refere à diferença física, não é? Isso é apenas material. Espiritualmente, somos todos iguais. Não deve haver olhares estranhos entre nós.

— Foi você quem criou o preconceito, pondo esses panos diante dos seios. Prefiro você como era dantes, igual a todas as outras moças da tribo.

— Mas, depois que nos encontramos, fiquei diferente das outras moças da tribo. Seu olhar me disse isso, porque você me olhou de forma especial. Agora, vim falar com você para saber quais são as suas intenções. Já se passou o período da dúvida e tem que haver uma certeza.

Não pude deixar de dar uma risada.

— Ora, Odine! Quais são as intenções de um homem em relação a uma mulher jovem e bonita? Você já sabe que eu gosto de você, que gostei de você desde o primeiro dia em que a vi. Mas não conheço as regras do jogo, em Valhalah.

— Se você gosta de mim da forma que eu gosto de você — retrucou ela, de olhos baixos. — o Grande Conselho não poderá proibir para sempre o nosso casamento, de acordo com a lei da tribo. Mas é preciso que você me ame da mesma maneira que eu o amo. Entende?

— Só há uma maneira de amar — respondi, agarrando nas suas mãos... — Gostei de você logo que a vi e, se devo constituir família em Valhalah, é com você que quero me casar!

Ela não retirou as suas mãos das minhas, mas continuou de cabeça baixa.

— Então, não olhe para mim daquele jeito — murmurou. — Você me perturba e me deixa nervosa. Nunca senti isto, antes. Parece que as coisas mais naturais do mundo se tornam pecados, quando você olha para mim. Eu gostaria que você me fitasse com ternura, como se eu fosse sua irmã.

— Você está me pedindo muito, Odine. Gosto de você como mulher e não como irmã. Nunca fui apologista do amor platônico.

— Nesse caso, você deve educar seus sentimentos, antes de dizer que quer se casar comigo. O amor é espírito, emoção, e tanto faz a gente ter corpo como não. Os valhalas não se casam com os corpos, mas sim com as almas.

Fiquei um instante em silêncio, segurando nas mãos quentes da mocinha; depois, declarei gravemente, procurando ser o mais romântico possível:

— Odine, eu a amo. Tenho certeza de que a amo, tanto espiritual como sexualmente. Eu a amo de forma absoluta. E quero me casar com você.

Aquelas palavras vieram aos meus lábios espontaneamente, pois eu já as decorara, de tanto repeti-las em Nova York. Odine suspirou e ergueu os olhos inocentes.

— Falei com Brunhilda sobre o nosso caso — disse ela, com voz doce. — As *batabs* já tinham percebido que havia um interesse entre nós. Mas Brunhilda não aprova o nosso casamento. Temo que o Grande Conselho pense da mesma maneira. As *batabs* acham prematuro o nosso enlace.

— Por quê?

— Porque você ainda é um estrangeiro e ainda não se integrou completamente no seio da nossa tribo. Você ainda não pode ser considerado um *halchuinin*. Se eu me casar com você, estarei me arriscando a descer à floresta, onde você será transformado em *nacon* e passará a fazer a guerra. Nossos filhos serão *nacons*. E eu não quero que isso aconteça, Helyud. As viúvas têm razão. O risco é muito grande.

Toda aquela estúpida conversa não me impressionava, mas tive que fingir que levava a sério as dúvidas da fascinante garota.

— Mas eu não sou *nacon* coisa nenhuma! — protestei. — Sou professor de História, na Escola Superior de Valhalah! Sou um *halchuinin*, um trabalhador!

— Ainda não sabemos, Helyud. As *batabs* desaconselham o nosso casamento. Passei semanas[xxxvi] implorando para que os *akhins* nos casassem, dentro da lei da tribo, mas eles têm medo de infringir o regulamento principal. A palavra das *batabs* pesa muito, porque o casamento também faz parte da Administração. Os sacerdotes de Odin e os padres cristãos disseram que nós devemos esperar um pouco e que eu não devo ver você antes do consentimento do Grande Conselho, pois, se eu visse você, estaria pondo o amor acima da lei da tribo.

— E então? — perguntei, ansioso.

— Então... eu vim ver você.

Aquele doce gesto de rebeldia, numa garota tímida como Odine, devia lhe custar muito. Vi que havia lágrimas nos seus belos olhos. Se não me engano, era a primeira vez que uma valhala chorava. E chorava por minha causa.

— Odine — sussurrei, emocionado. — Então, você me ama tanto assim?

— Acho que amo — respondeu, voltando a abaixar a cabeça.

— E estou certa de que você é um *halchuinin* e não um *nacon*. Por isso, vim me entregar a você.

— Querida! — exclamei, tentando abraçá-la.

Ela, porém, se esquivou, espalmando as mãos no meu peito.

— Espere. O amor, entre os valhalas, é um sentimento de renúncia e de entrega e não um desejo de posse. O prazer de uma valhala está em saber que pertence ao homem amado e não em dizer que ele lhe pertence. Você não é meu, Helyud, mas eu sou sua.

— Compreendo — respondi, entusiasmado. — Se é assim, não há razões para que você não me deixe abraçá-la.

Suas mãos caíram e ela ficou imóvel na minha frente, com os olhos cintilantes de amor.

— Querida! — repeti, abraçando-a finalmente. — Na verdade, se existe tanto amor entre nós, pouco nos interessa a opinião da *batabs* e dos *akhins*. A Nação Valhalah é uma nação livre, a partir do momento em que o Criador rompeu seus laços com a Groenlândia. Os valhalas são livres, Odine. Vamos viver um para o outro. E você vai ver que eu sou da raça dos *halchuinins* e nossos filhos jamais serão *nacons*!

— Venha comigo para a gruta — disse ela, ligeiramente afogueada. — Agora, você já pode beber na Fonte da Felicidade.

Finalmente eu iria conhecer essa famosa fonte de que tanto se falava em Valhalah! Pensei em Ponce de León, o conquistador espanhol que buscara, nas Antilhas e na Flórida, a Fonte da Juventude Eterna. Não havia nada disso na América do Norte. E aqui, em Valhalah? Haveria, realmente, uma fonte na Amazônia cujas águas trouxessem a paz e a felicidade ao espírito dos homens?

Aqui, cabe uma explicação: meu amor por Odine não era exatamente o mesmo amor de Odine por mim. Sim, porque ela encarava o casamento sob o ponto de vista valhala, sem nenhuma segunda intenção, ao passo que eu estava apaixonado pelo corpo branco e macio da garota... E não era só isso. Se eu me casasse com ela, talvez conseguisse sua adesão ao plano que tinha em mente: escapar do platô, enfrentar a floresta virgem e voltar para Nova York. Tudo era muito bonito, ali em cima, mas eu era tratado como um homem igual aos outros, ao passo que, se levasse para o Viking Museum as provas da existência dos valhalas-vikings, receberia honrarias dignas de um herói. No fundo, também há muita vaidade entre os homens de ciência...

Mas o principal é que o meu amor por Odine era apenas desejo, pois eu não entendia outra forma de amar. A graciosa valquíria exercia sobre meus nervos uma terrível influência; eu sentia por ela uma atração irresistível. E o amor de Odine era pureza, ternura, submissão. Contudo, eu acreditava que poderia haver harmonia nas nossas relações conjugais. Estava disposto a casar com ela, para tirar isso a limpo.

— Você é viúva, não é? — perguntei, enquanto saíamos, de mãos dadas, da Sala de História. — Seu falecido marido também a amava espiritualmente, como um irmão?

Havia ironia na minha voz, mas Odine não demonstrou ter percebido a grosseria.

— Sim — respondeu, sorrindo. — Gudleif era um dos operários da fábrica de papel, colega de Naddok. Fomos muito felizes, durante um ano, e, depois, ele morreu de doença. Agora, ele é feliz no Reino dos Mortos, e eu continuo sendo feliz em Valhalah, porque nunca deixei de beber na Fonte. Gudleif queria que eu nunca deixasse de beber a água da felicidade.

— Por que não tiveram filhos? — perguntei.

— Deus não quis. E isso é bom, porque, se eu fosse uma viúva com filhos, não poderia me casar com você. A alma dos pais transmigra para o corpo dos filhos, como você sabe. Por isso, a maioria das *batabs*, que tem filhos, vive como se seus maridos ainda morassem com elas. Encontrar nos filhos a presença dos pais também é uma forma de felicidade. Mas eu sou livre e posso me casar outra vez, porque Gudleif foi cremado na Pira do Adeus. Pouco me importa deixar meu lugar, no Palácio da Aceitação, e ir morar com você na *skali* do velho Trond. Gosto muito da família Gudlangson. Há dez famílias em Valhalah, mas nenhuma delas é tão engraçada como a do velho Trond. Irei morar, com muito prazer, entre os Gudlangson.

Realmente, eu já comprovara que havia apenas dez sobrenomes, entre todos os *halchuinins*, o que também vinha corroborar a origem viking da tribo. De acordo com a saga dos Valhalas (o meu "Valhalahbok"), os vikings do bispo Gnupson, sobreviventes do naufrágio e da agressão dos astecas, eram apenas doze homens e dez mulheres; provavelmente, os dois homens que não tinham se casado teriam morrido sem deixar descendência, ou seus filhos teriam sido os primeiros *nacons*. Seja como for, os atuais valhalas descendem apenas de dez famílias de vikings. Odine, por exemplo, tem o mesmo sobrenome que Brunhilda (Brondsted) e é sobrinha da *batab* loura e robusta.

VI • Uma História de Amor

Atravessamos a praça, em frente aos Palácios e às Pirâmides, e percorremos o caminho de terra batida que ia dar no extremo sul do platô.

— Odine — disse eu, detendo-a de repente. — Você está bem certa do que faz? Acha que não vai se arrepender dessa desobediência à lei da tribo?

Eu temia pela minha segurança. Odine me fitou nos olhos.

— Eu o amo, Helyud — disse, simplesmente.

— E seu eu... digamos... não corresponder à pureza de seus sentimentos? E se eu apenas desejar você?

— Eu o amo — repetiu, com o rostinho afogueado. — Não pense nos seus sentimentos a meu respeito. Mas sei que você também me ama, embora de outra maneira diferente. Basta que eu o ame para que me sinta feliz... e minha alegria se transmitirá a você, depois que você beber na Fonte da Felicidade. Não fique tão sério, amor. Era isto o que você queria, não era?

— Sim — admiti, atraindo-a para mim e beijando-a nos lábios. — Era isto o que eu queria. Eu também a amo, é claro!

Ela deu uma risadinha e continuou a andar, puxando-me pela mão. Em breve, tínhamos enviesado para a esquerda, antes de chegarmos à escadaria que dava no charco, e encontramos pela frente uma elevada colina de pedra, à beira, de um precipício. No meio da massa rochosa havia uma caverna, cuja entrada assemelhava-se a um dólmen[3] dos antigos druidas.

— Venha — disse Odine, ao ver que eu hesitava. — A esta hora não há ninguém na gruta. Você se sentirá em paz consigo mesmo, depois de beber na fonte.

Entramos para uma caverna escura, úmida, cujo solo rochoso estava coberto de limo. Depois de caminharmos alguns metros em declive, dobramos à direita por um corredor de pedra, e desembocamos noutra gruta menor, onde havia uma

---
3. Nota do org.: **Dólmen:** monumento megalítico tumular coletivo, encontrando na Europa, África e Ásia, com milhares de anos de idade.

fonte natural. A água cristalina brotava milagrosamente de um interstício nas rochas e caía numa bacia de granito, num filete ininterrupto. A bacia continha a água sempre no mesmo nível, o que demonstrava que o líquido excedente se perdia por alguma fenda do solo.

— Beba — convidou Odine, sorrindo para mim.

E ela mesma deu o exemplo, aparando a água com as mãos em concha. Vendo-a sorver gostosamente o líquido fresco, também bebi. Era saboroso, adocicado e picante, de uma pureza absoluta. Senti uma curiosa sensação de euforia, como se, realmente, aquela água me transmitisse um perfeito bem-estar, uma estranha felicidade. Depois de beber alguns goles, puxei Odine por um braço e encarei-a ardentemente no fundo dos olhos translúcidos.

— Se você me ama — murmurei, com voz rouca. — está na hora de prová-lo. Quero amá-la à minha maneira, até que possa compreender o seu amor. Você quer?

Ela sorriu docemente e afagou meu rosto pálido de desejo. Depois, colou seu corpo quente ao meu e deixou que eu a beijasse apaixonadamente.

— Está vendo? — disse ela, sem deixar de sorrir. — Você sente-se feliz à sua maneira bárbara, Helyud. E isso também me faz feliz. A partir deste momento, seremos companheiros, até que os *akhins* nos tornem marido e mulher. As *batabs* acabarão concordando com o nosso casamento.

Nervoso, excitado (aquela água teria propriedades afrodisíacas?), levei a garota para a caverna anterior àquela e pedi-lhe que se deitasse numa cama de pedra. Aquela gruta escura seria o nosso quarto nupcial...

Odine deitou-se, obedientemente, e esperou que eu a cobrisse de beijos, num transporte de luxúria. Ela se manteve quieta e resignada, enquanto eu satisfazia os meus desejos lúbricos. Mas eu a sentia vibrar nos meus braços e gemer de amor. Uma vez satisfeito, senti-me ainda mais feliz do que ao beber a água da fonte. Meus nervos estavam deliciosamente calmos.

— Odine — murmurei, contemplando a minha imagem em seus olhos serenos. — eu a amo! Sim, eu a amo! Diga que você também gostou, que você também me ama!

— O que houve — respondeu ela, com voz doce, acariciando minha nuca — foi apenas uma experiência. Se é isso o que você quer, está bem. Se nós ainda sentirmos amor um pelo outro, depois disto, é sinal de que acabaremos nos amando para sempre.

Depois, ela puxou meu corpo com delicadeza e comentou:

— Amor, você está numa posição muito incômoda e pode se machucar nessas rochas malvadas. Agora, não é melhor irmos para a *skali* do velho Trond Gudlangson? Eu gostaria de fazer o jantar para a família.

Nisso, olhei para o corpo branco e nu de minha companheira e vi o sangue que escorria de um corte que ela fizera nas pedras. Odine não soltara um único gemido, não fizera nenhuma queixa, embora suas costas estivessem sendo cortadas pela rocha aguda.

— Odine! — exclamei. — Você se machucou!

— Sim — disse ela, sorrindo meigamente. — Foi delicioso, amor.

Capítulo VII

PROJETOS DE FUGA

Tal como eu previa, a atitude de Odine, abandonando o Palácio da Aprovação para ir morar comigo na *skali* do velho Trond Gudlangson, provocou um escândalo na cidadela. Havia muitos anos que não acontecia um fato daqueles. Logo que tomou conhecimento dele, o Grande Conselho das *Batabs* reuniu-se em caráter extraordinário, para destituir a moreninha de seu cargo na Administração e consultar os *akhins* sobre a imoralidade de suas ligações com um estrangeiro. Eu também fui chamado a depor, no Palácio da Justiça, onde os juízes eram 10 valquírias de mais de 50 anos, cada uma representando uma das famílias fundadoras de Valhalah. O processo correu os trâmites competentes e, depois de várias reuniões da alta cúpula judiciária, as *batabs* decidiram o seguinte:

1º – Odine seria desligada do serviço de manutenção de ruas, estradas e caminhos, e perderia o direito ao voto no Grande Conselho, tornando-se uma simples *halchuinin*.

2º – A ligação afetiva e sexual entre uma valhala e um estrangeiro (ainda que este fosse aparentemente de sua raça) não poderia ser considerada legal e não seria confirmada pelo casamento cristão.

3º – Os dois apaixonados, em razão do amor que os unia, teriam respeitada a sua liberdade de viver juntos e procriar.

4º – O nascimento do primeiro filho demonstraria se o estrangeiro poderia ser considerado um *halchuinin* ou relegado à condição de *nacon*. Se a criança nascesse *nacon* (mestiço ou pouco apto para o trabalho), seus pais teriam que descer para a floresta e o estrangeiro seria incorporado à tribo de guerreiros.

5º — De qualquer maneira, após o nascimento do primeiro filho do casal (ou transcorrido o período de dúvida), os *akhins* celebrariam o casamento cristão dos dois companheiros, fossem estes considerados *halchuinins* ou *nacons*.

6º — O período de dúvida seria de seis meses, depois dos quais, se não houvesse indícios de gravidez da fêmea, o Grande Conselho decidiria se o macho seria considerado *halchuinin* ou *nacon*.

7º — Durante seis meses, o casal gozaria de todas as regalias inerentes aos *halchuinins* e o estrangeiro, salvo prova em contrário, seria considerado *halchuinin*.

8º — O estrangeiro manteria o seu cargo de Professor de História da Escola Superior de Valhalah, no qual dera provas de grande competência. Sua companheira voltaria a exercer o cargo de arrumadeira da *skali* da Rua dos Artistas nº 8, onde morava a família Gudlangson.

Essa conclusão do Grande Conselho (que representava um castigo pouco rigoroso para o nosso crime) deixou-nos muito alegres, a mim e Odine. Depois de conhecido o veredicto, fomos até o Palácio da Aprovação para cumprimentar Brunhilda. Não havia dúvidas de que fora graças a ela que o Grande Conselho se mostrara tão benevolente.

A loura e robusta valquíria nua recebeu-nos na Sala de Recepções e demonstrou muita satisfação em nos ver. Ela e Odine se beijaram na boca e beberam duas taças de hidromel. Em seguida, Brunhilda comentou, sorrindo para mim:

— O amor é muito respeitado entre nós, Helyud Sovralsson. Por isso, eu me empenhei para que vocês continuem a viver felizes, seguindo o caminho que escolheram. Nunca houve nada parecido, em Valhalah, porque nunca nenhum estrangeiro entrou aqui. Mas eu confio em que você é um dos nossos e tudo acabará bem. O que importa é que vocês se amem e possam continuar a beber na Fonte da Felicidade.

— Espero que Helyud me dê logo um filho — disse Odine, encabulada. — Provaremos a todo mundo que somos valhalas legítimos, de sangue puro. Nosso filho será louro, de olhos azuis. Vou viver em grande ansiedade, durante o período da dúvida.

Mas nós passamos a viver felizes, daí em diante, pois não houve diferença no tratamento cordial de nossos vizinhos *halchuinins*. Meus alunos de História davam risadinhas, quando eu entrava na sala de aula, mas eu percebia que eles queriam demonstrar sua simpatia pela minha causa e me consideravam um herói. Todos os trabalhadores, inclusive os adolescentes, punham o amor acima das leis da tribo.

Contudo, se a felicidade de Odine era completa, a minha era apenas aparente. Havia momentos em que eu parava de trabalhar e ficava absorto, pensando num meio de fugir dali. Tinha receio de comentar isso com Odine, pois, sendo minha companheira e não minha esposa legítima, ela talvez me denunciasse ao Grande Conselho. Ainda por cima, a moreninha estava loucamente apaixonada por mim e certamente não veria com bons olhos os meus projetos de fuga. Restava-me convencê-la de que nossa felicidade não era completa, de que ela fugiria comigo e de que nossa vida, entre os outros homens brancos da civilização americana, seria mais confortável do que ali, nos platôs perdidos da Amazônia. A qualquer momento eu teria que falar com Odine a esse respeito. Mas sempre ia adiando.

A vida em Valhalah começou a transcorrer maciamente, sem incidentes, sem emoções, sem surpresas, numa rotina idiota. Muitas vezes perguntei a mim mesmo se valeria a pena pagar um preço tão alto pela segurança, pela liberdade, pelo paraíso.

VII • Projetos de Fuga

Os dias se passavam iguais uns aos outros, de tal maneira iguais que perdi a noção do tempo. Pela manhã, antes de ir dar aula na Escola Superior, eu ia com Odine ao Armazém, trocar nossas cotas de trabalho por alimentos frescos, e aí conversávamos um pouco com os outros *halchuinins*. Mas era sempre eu quem tinha novidades para contar, pois os valhalas limitavam-se a viver à espera da morte, para subirem ao Paraíso. Não posso imaginar uma filosofia mais estúpida.

Em quinze ou vinte dias, a rotina só foi quebrada uma vez, quando apareceu em nossa *skali* uma visita inesperada. Era um rapaz alto e moreno, musculoso, chamado Naddok. Ele trabalhava na fábrica de papel, onde o falecido esposo de Odine também fora operário.

— Helyud — disse minha companheira, apresentando o amigo. — este é Naddok, da família dos Knutsen, da *skali* da Rua das Flores, à direita de quem vai para o mercado. Naddok era colega de Gudleif.

Abracei o rapaz moreno, de acordo com o costume local, batendo-lhe três vezes no peito cabeludo.

— Esteja à sua vontade, amigo Naddok.

— Obrigado, amigo Helyud — respondeu ele, batendo três vezes no meu peito branco. — Só vim visitar vocês agora porque tinha muito trabalho na oficina e precisava pôr em dia as minhas cotas. Agora, como Odine deixou de ser uma *batab* e não tem mais preocupações com a administração, pensei que gostaria de conversar comigo...

Não simpatizei com o sujeito. Embora ele sorrisse e se mostrasse cordial como todos os *halchuinins*, pressenti que aquele velho amigo de Odine iria me causar aborrecimentos. Contudo, disfarcei a contrariedade e disse-lhe algumas palavras amáveis. Odine parecia alegre como uma criança.

— Você sempre será bem-vindo à *skali* dos Gudlangson, Naddok — disse ela, oferecendo um copo de hidromel ao visitante. — Pensei que estivesse zangado comigo, porque eu recusei sua proposta de casamento... Lembra-se? Logo que fiquei viúva, você quis se casar comigo e me levar para a *skali* dos Knutsen, na Rua das Flores.

— Isso foi antes — respondeu Naddok, dando uma risadinha. — Nós éramos umas crianças... Agora, você já desenvolveu seu corpo e seu espírito, está casada com Sovralsson e é feliz. Tudo o que eu desejo é continuar seu amigo, para que possamos beber juntos na Fonte da Felicidade.

— Você é meu irmão — disse Odine, simplesmente.

Ainda conversamos alguns minutos e, depois, Naddok despediu-se. Acompanhei-o até às portas da fábrica de papel e, daí, fui para a Escola. Mas eu estava preocupado. Não me agradava nada aquela amizade. Principalmente, depois que Odine dera a entender que o rapaz já fora seu admirador... O melhor talvez fosse eu me casar logo, para afastar a ameaça de Naddok me roubar Odine... O diabo é que os *akhins* não permitiriam o meu casamento, antes de transcorridos os seis meses do período de dúvida.

No domingo, houve missa na capela cristã, oficiada por um velho sacerdote chamado Frei Olafsson. Uma boa parte da população de *halchuinins* estava presente, inclusive porque cada família devia ter um membro presente, para rezar pelos seus parentes. A cerimônia correu normalmente, dentro da velha tradição cristã, mas, para mim, foi bastante desagradável. Naddok estava sentado num dos primeiros bancos, sempre sorrindo, e não tirava os olhos risonhos de cima de minha companheira. Contudo, evitou vir falar conosco. Ele já devia ter percebido a minha antipatia. E sabia, sem dúvida, que eu estava de prevenção contra ele.

Depois da missa, os valhalas cantaram, em coro, um hino sagrado, mas só entendi a frase "fraelse af illy" (salve-nos do mal). Finalmente, saímos da capela. Alguns grupos de *halchuinins* ficaram conversando na praça. Eu e Odine fomos nos reunir ao grupo formado pelas famílias Erikson, Brondsted e Finnbogi, onde também se encontravam Brunhilda e o imponente Thorvald, da família Vilgerson. Havia diversos chefes guerreiros que assistiam às missas do platô, quer na igreja cristã, quer no templo de Odin. Os *nacons* eram pagãos, mas seus chefes cultuavam Jesus Cristo.

— O Grande Conselho está muito preocupado — disse Brunhilda. — Talvez as orações dos cristãos não bastem para afastar o perigo.

— De que se trata? — quis saber Thorvald.

Reparei que o *halchnacon* olhava para mim de esguelha, com ar de nojo. Era como se ele não tivesse aprovado a minha permanência em Valhalah.

— Pensamos na trilha da floresta — explicou Brunhilda. — Deve haver algum caminho, na selva, feito pelos nossos inimigos que vêm do norte. Em poucos meses, fomos incomodados duas vezes pelos brancos das roupas pesadas. Primeiro, foram aqueles quatro caçadores de onças; depois, seguindo a trilha deles, apareceram os quatro estrangeiros... Já não há mais segurança em Valhalah!

Todos olharam para mim em silêncio, desconfiados.

— Tem razão — disse Thorvald. — Mas nós já providenciamos para que mais ninguém encontre o caminho de Valhalah. Os primeiros quatro estrangeiros chegaram até o lago por acaso e foram mortos...

— Um deles escapou — lembrou Brunhilda. — E foi esse sobrevivente que trouxe Helyud e seus companheiros.

O *halchnacon* acenou, irritado.

— Ninguém podia esperar que um homem sem língua ensinasse aos seus iguais o caminho do platô. Pensei que ele morresse na cabana da beira do rio como morreram os outros três. Foi por milagre que ele escapou, depois de se fingir de morto. Mas, agora, o caminho de Valhalah foi destruído e mais ninguém encontrará a Fonte da Felicidade. Nós abrimos outras picadas, na floresta, em dez direções diferentes. Ninguém mais encontrará o platô.

— Não sei — murmurou Brunhilda. — Os *nacons* precisam ficar mais atentos e vigiar cada palmo da floresta que vai dar no rio.

— A pista foi apagada — afirmou Thorvald, irritado. Há centenas de barreiras entre o rio do norte e o platô. O Grande Conselho não pode duvidar da habilidade dos *nacons*!

— Não falo em nome das *batabs* — retorquiu Brunhilda sem se alterar. — Nem duvido da lealdade dos nossos guerreiros. Mas precisamos tomar mais cuidado, de agora em diante. Outros estrangeiros tentarão nos descobrir.

— Não existe mais a cabana à beira do rio — disse o *halchnacon*, arrogantemente. — Nós a destruímos e queimamos o que restava dos corpos dos estrangeiros. Apenas Sovralsson escapou, porque parece ser um homem de nossa raça. Ele, porém, não tem meios de atrair os outros estrangeiros a Valhalah.

Aquelas palavras eram uma ofensa para mim. Protestei:

— Não tenho o menor interesse em atrair estrangeiros a Valhalah! Agora, sou um *halchuinin* e jamais trairei a tribo. Fiz um juramento sagrado, na Praça dos Palácios. Não me interessa perturbar a paz e a harmonia da cidadela. E também não estou pensando em voltar mais para a minha terra.

O imponente guerreiro pagão encarou-me friamente, mas não disse nada.

— Helyud é de confiança — apressou-se a dizer Brunhilda. — Ele vai se casar com Odine e terão filhos *halchuinins*. Não é nele que penso. Tenho medo que outros estrangeiros apareçam por aqui, em busca de seus companheiros desaparecidos. Se isso acontecer, teremos que queimar Valhalah e emigrar outra vez para o interior, como fizeram nossos avós.

Achei a ocasião propícia para fazer uma sindicância sobre a possibilidade de fugir de Valhalah; ninguém mais do que o cruel Thorvald poderia me dar informações sobre isso.

— A propósito — disse eu, disfarçando a ansiedade. — Não há perigo de que algum *halchuinin* curioso saia de Valhalah e seja apanhado na floresta por algum estrangeiro? Nesse caso, ele seria torturado e falaria...

Thorvald voltou a encarar-me com seus olhos vermelhos. Parecia uma fera. Aliás, apesar de seus capacetes emplumados e seus corpos tatuados, todos os *nacons* tinham cheiro de bicho do mato.

— Não — respondeu ele. — Nenhum *halchuinin* poderá se comunicar com o exterior. Os *nacons*, que vigiam a floresta, vigiam também o platô. Valhalah está cercada pela lagoa e pelos acampamentos dos *nacons*. A lagoa tem piranhas e só pode ser atravessada num barco. E os *nacons* são invencíveis. Seria impossível, a qualquer *halchuinin*, atravessar essas duas barreiras, ainda que ele tivesse o desejo insensato de ir ao encontro da morte.

— E os próprios *nacons*? — perguntei, com ar indiferente. — Nenhum guerreiro pode fugir para a floresta?

— Os *nacons* são fiéis ao Grande Conselho das *Batabs* — replicou Thorvald, irritado. —Nenhum *nacon* desprezaria o seu juramento de fidelidade à tribo. E, até hoje, ninguém escapou de Valhalah. Não creio que, mesmo depois de sua chegada, Sovralsson, algum *nacon* pense em trair os seus irmãos.

Engoli o insulto. Nisso, Odine agarrou no meu braço, pediu licença e me arrastou pelo meio da praça. Os olhos vermelhos e ferozes de Thorvald seguiram-me, com expressão assassina.

Se eu não gostava de Naddok, era evidente que Thorvald não gostava de mim. Os *nacons*, que não bebiam na Fonte da Felicidade, eram os únicos valhalas que tinham o privilégio de odiar os seus irmãos.

Ao domingo não havia aulas, na Escola Superior. Eu e Odine fomos para a Rua dos Artistas e escolhemos alguns quadros, para levar para casa. Uma pintura agradável, repousante, em cores azuis e brancas, custou-nos apenas três cotas de trabalho. Levamos a tela para a *skali* e a oferecemos à idosa sra. Gudlangson, que também gostou muito dela. Depois, eu e minha companheira fomos para o nosso quarto, esperar a hora do almoço. A sra. Gudlangson estava cozinhando um prato típico (peixe fresco com molho de urucum) chamado "fisk-rope", ou seja, "peixe vermelho".

— Amor — disse Odine, quando eu despi a tanga e me deitei na rede. — em que é que você está pensando?

Sorri maliciosamente.

— Você não imagina?

— Não estou brincando, amor. Fiquei tão assustada, quando do vi você discutindo com Thorvald! Esses *nacons* são muito orgulhosos de seus penachos, Helyud, e se ofendem à toa. Não quero que você discuta com eles, para não ter aborrecimentos futuros!

— Eu não discuti com aquele animal — retruquei, puxando-a pelas mãos. — Apenas perguntei se havia alguma possibilidade de fugir daqui.

— Para nós, falar no tom em que vocês falaram é discutir. E os *halchuinins* nunca discutem, amor. Para quê? A vida é tão bonita, tão calma, tão agradável! Devemos usar nossas energias para o amor e não para o desentendimento. Prometa-me que não falará mais nisso, sim? Você é feliz em Valhalah e eu sou feliz com você... então, que interessa saber se alguém poderá sair daqui? Só há paz e alegria completas no lugar onde está a Fonte da Felicidade.

— Você é uma bobinha, querida — disse eu, beijando-a nos lábios. — Não compreende que essa fonte não influi, de forma alguma, na vida dos valhalas? A felicidade não vem da fonte, Odine; vem de dentro de nós mesmos. Qualquer pessoa de mediana cultura sabe disso. No dia em que houver desentendimentos entre o povo, não servirá de nada beber a água da fonte.

— O que você diz é horrível — gemeu Odine, escondendo-se nos meus braços. — Isso dá a entender que o conhecimento das coisas tira-lhes o valor. Isso não é verdade. E nunca haverá desentendimentos entre os valhalas! Há séculos que a tribo existe e nunca se soube de nenhuma desavença entre seus membros! Por favor, Helyud, diga que você não está pensando em fugir daqui! Diga que você se sente feliz entre nós!

Fiquei um instante em silêncio. Depois:

— Claro, meu bem. Sinto-me muito feliz, graças a você. E não penso em fugir.

Ela me beijou sofregamente, sentiu a frieza de meus lábios e seu rostinho mimoso ficou muito triste. Sua voz era um lamento:

— Amor, você mentiu.

Lembrei-me de que não havia mentiras, entre os valhalas.

— Ora, Odine! Deixe de ser criança! Não seria nada demais que eu pensasse, às vezes, em sair de Valhalah e voltar para a minha civilização. Você não conhece outra vida melhor e, por isso, acha que isto aqui é o paraíso. Mas há mais recursos, mais conforto material, mais tecnologia, entre os homens de minha cultura... em Nova York, por exemplo. Você não gostaria de ir comigo para o lugar de onde vim? Arranha-céus, prazeres, surpresas...

Ela olhou para mim como se eu estivesse dizendo uma blasfêmia. Logo baixou candidamente os olhos e murmurou:

— Sim, amor. Eu viveria com você em qualquer parte, porque só existo para fazer você feliz. Mas não gostaria de sair de Valhalah, pois poderíamos não viver bem lá fora, onde não há a Fonte da Felicidade. Mas eu acompanharia você, se assim você decidisse, na sua sabedoria. Sou uma ignorante, amor, que não conhece Nioc, nem essas coisas maravilhosas de que você me fala. Eu só conheço o seu amor.

Compreendi que tinha magoado o coração da pobre criatura e senti uma ponta de remorsos. Além disso, havia uma dúvida no meu espírito: haveria mais felicidade no conforto material da minha civilização? Eu já não estava tão certo disso.

E o súbito véu de tristeza que caíra sobre o rosto, antes risonho, de Odine fez com que eu também me sentisse contrariado. Eu acabara de ter a certeza de que, além de desejar aquela meiga valquíria, também começava a amá-la. E isso era perigoso para a minha liberdade.

Capítulo VIII

O PRIMEIRO DESENTENDIMENTO

O observatório astronômico previu chuvas para hoje. A notícia deixou os *halchuinins* da lavoura muito contentes. Fizeram uma festa, na Praça dos Palácios, e o hidromel correu à vontade. À tardinha, veio o temporal. Todas as *skalis* foram fechadas e as famílias se reuniram ao redor do fogo, para conversar e passar o tempo em jogos de salão. As brincadeiras dos valhalas eram muito ingênuas para mim e suas risadas me irritavam. Levei Odine para o nosso quarto e fomos dormir mais cedo.

— Amanhã de manhã — disse minha companheira, sonolenta. — vamos voltar à gruta, para beber outra vez na fonte. Você não está contente, amor, e talvez a água lhe faça bem. Pouco importa que você não acredite em milagres, desde que a água o torne feliz. Nós, muitas vezes, gozamos os benefícios daquilo em que não acreditamos.

Adormeci com a garota nos braços e sonhei. Era a primeira vez que tinha um pesadelo, depois de minha chegada a Valhalah. Sonhei com meus companheiros mortos pelos *nacons*. Parecia-me ver outra vez a agressão dos guerreiros pintados de vermelho e preto, a forma cruel com que eles linchavam o pobre Mark. Eu fora o culpado daquilo, ao atrair Charles e Mark para aquela jornada da morte! E, agora, os índios mestiços se voltavam contra mim... e ameaçavam cortar-me a língua, com suas facas afiadas... Acordei suando frio e vi Odine sentada na rede, olhando para mim com expressão de espanto.

— Que foi? — perguntou ela. — Como pode alguém falar enquanto dorme? O sono é o repouso do corpo e do espírito.

— Não — gemi, angustiado. — Isso pode ser entre vocês, que têm a consciência leve. Mas eu... eu sofri um pesadelo!

— O que é um pesadelo? — quis saber a moreninha, curiosa.

Tive dificuldades em lhe explicar, pois o subconsciente era uma coisa incompreensível para uma valhala.

— Você precisa beber outra vez na Fonte da Felicidade — foi o comentário da garota.

Logo que o dia despontou, tomamos café e fomos até à gruta. Já não chovia mais e a manhã estava quente. Odine pretendia sair apenas de tanga, mas eu lhe pedi que vestisse a blusa.

— Para quê? — perguntou ela, sorrindo. — Está muito quente, amor.

— Faça o que lhe digo — retruquei, secamente. — Você precisa aprender a ter um pouco de pudor. É muito feio uma senhora casada andar na rua com os peitos de fora.

— É mesmo, amor? Eu... eu não sabia. Todas as senhoras casadas andam assim... Mas, se você não quer, não se discute. Vou vestir a blusinha.

Voltamos à fonte e bebemos novos goles daquela água fresca e cristalina. Talvez Odine tivesse razão. Depois de beber na Fonte da Felicidade, eu me senti mais aliviado e logo esqueci o meu pesadelo. Mas foram apenas alguns minutos de trégua. Quando íamos a sair da gruta, vinha chegando um grupo de operários da fábrica de papel, inclusive Naddok. Procurei continuar o meu caminho com Odine, mas, ao ver o amigo, a garota correu ao encontro dele. Senti-me indignado e cheio de desconfiança. Tudo fazia crer que Naddok marcara encontro com Odine na gruta. Agora sei que não era assim, mas, na ocasião, pensei o pior. Contudo, evitei discutir, com medo de parecer idiota.

VIII • O Primeiro Desentendimento

Odine e Naddok se abraçaram, muito alegres, e puseram-se a conversar sobre assuntos locais. Eu fiquei de lado, remoendo o meu ciúme. Os outros trabalhadores também sorriam e conversavam e tive a impressão de que alguns deles estavam rindo de mim. Aquilo me decidiu a agarrar minha companheira por um braço, puxando-a com brutalidade.

— Agora, basta! — rosnei. — Está ficando tarde e preciso ir à Sala de História, antes da aula. Vamos para casa, meu bem. Despeça-se e venha.

Ela não compreendeu o meu mau humor, mas obedeceu. Dissemos "até logo" aos operários e caminhamos, em silêncio, de volta à cidadela. Eu estava emburrado, mas Odine ainda dava risadas e procedia como se nada tivesse acontecido. Para ela, falar com Naddok era a coisa mais natural do mundo, embora soubesse que eu detestava o seu amigo de infância.

Desde esse dia, Naddok tornou-se visita obrigatória na *skali* da Rua dos Artistas. Era como se o rapaz moreno fizesse de propósito, para me irritar. No entanto, ele sempre procedia com muita gentileza e não demonstrava perceber o meu despeito. Também nunca visitava Odine na minha ausência. Mas, um dia, chegou ao cúmulo de trazer uma braçada de flores para a minha companheira.

— Gosto muito de flores — disse Odine, mostrando-me o presente, enquanto Naddok sorria e olhava para mim de esguelha.

— Realmente, são muito bonitas — grunhi. — Amanhã irei apanhar um buquê no mercado. Não me custará mais do que uma ou duas cotas de trabalho. — e, enciumado, ainda acrescentei. — Afinal, um professor sempre pode ganhar mais do que um operário.[xxxvii]

— Ora! — fez Odine, sorrindo. — Não se incomode, amor. Naddok pode nos trazer todas as flores que quisermos. O jardim do templo fica perto da fábrica de papel. Tome, amor. Metade destas flores são suas.

Mordi os lábios, e aceitei o presente, mas minha indignação tornava-se cada vez maior. Não havia Fonte da Felicidade capaz de me trazer a paz. Eu andava deprimido, assustado, revoltado. É verdade que Odine se comportava inocentemente, em suas palestras com o amigo, mas eu não podia confiar na lealdade de uma mulher, ainda que fosse uma valhala. Eu já tinha amargas experiências com as mulheres de Nova York. Por isso é que continuava solteiro.

Passei a viver preocupado, distraído, pensando apenas num meio de me livrar das visitas desagradáveis de Naddok, de afastar minha companheira daquele sujeitinho atrevido, que insistia em afrontar a minha antipatia com um sorriso imbecil. Durante as aulas, na Escola Superior, surpreendi-me muitas vezes absorto, calado, com um papiro aberto na mão. E meus alunos achavam graça no meu sobressalto, quando algum deles perguntava pelo fim da lição.

Aquilo não podia continuar! Meu ciúme, meu receio de perder Odine, estavam arrasando meus nervos! Eu tinha que proibir a garota de manter aquela amizade com Naddok! Mas hesitava, pois não encontrava um pretexto válido para afastá-los um do outro. Nenhum valhala sabia o que era o ciúme.

— Amor — disse-me Odine, um dia, ao notar que eu não correspondia aos seus carinhos com o calor de antes. — Que tem você, afinal? Todos são felizes, mas você parece preocupado com alguma coisa... Isso me magoa, amor. Diga o que eu devo fazer para não ver essa ruga na sua testa.

— O que você deve fazer — retruquei bruscamente. — é me deixar em paz! Não há nada comigo! São coisas íntimas!

Ela me fitou com os olhos arregalados pelo espanto.

— Amor — murmurou, sentida. — não há segredos entre os valhalas.

VIII • O Primeiro Desentendimento

— Que valhala? — gritei, irritado. — Eu não sou valhala! E exijo que respeitem a minha liberdade de sofrer!

— Sofrer? — perguntou ela, alarmada. — Ninguém tem motivos para sofrer, amor. O dia está lindo e você não se machucou. Quem bebe a água da fonte não sabe o que é sofrimento. Nós somos tão felizes, amor! Ou será que você ainda está pensando em fugir de Valhalah?

Não, a verdade é que eu não pensava mais nisso. E talvez por esse motivo é que me sentisse frustrado. Se eu ainda pensasse em escapar dali, teria ao menos uma esperança de libertação; porém, depois que descobrira que amava Odine, estava condenado a permanecer ali, sofrendo aquela agonia insuportável. Meu amor era feito de ciúme, porque eu não me identificara ainda com a filosofia natural dos valhalas. Ou, por outras palavras: meu amor não era prazer, era angústia; era o amor de um homem civilizado, envenenado pelos preconceitos de uma sociedade mais evoluída. Odine nunca compreenderia isso.

— Quero me casar com você — murmurei, abraçando-a com desespero. — E não quero que mais ninguém ria e brinque com você! Não quero que você receba flores de outro homem que não seja eu!

Ela teve um sorriso indulgente e beijou-me com ternura, murmurando no meu ouvido:

— Nós nos casaremos logo, amor. Estive no consultório do dr. Ingolf Herjulfssen e tenho uma boa notícia para você. Eu estou grávida, meu amor.

A revelação aturdiu-me. Depois, senti um calor no sangue, uma imensa felicidade. Era como se a água da fonte voltasse a fazer seu efeito.

— Verdade mesmo?

— O dr. Ingolf disse que a criança nascerá dentro de seis ou sete meses, no ciclo austral favorável. Por isso, será menino. E não tenho a menor dúvida de que um filho nosso, amor, será um legítimo *halchuinin*.

Beijei-a ardentemente, num transporte de ternura, e senti a alegria que vibrava dentro dela. Fomos muito felizes, nessa noite, embora eu não pudesse me esquecer de Naddok.

— Querida — disse eu, acariciando-a. — quero lhe pedir uma coisa. Agora, que estamos unidos mais fortemente do que nunca, você só deve pensar no nosso futuro. Temos que evitar uma dúvida entre nós.

— Nunca houve nenhuma dúvida entre nós, amor.

— Refiro-me a seu amigo Naddok. Não quero que você lhe dê tanta confiança. Não é por nada, não, mas... não quero.

Ela deu uma risada, mas logo ficou séria.

— Se você não quer, não quer, amor. Mas não vejo razões para não brincar com Naddok. Ele é muito alegre e muito nosso amigo. Naddok é meu irmão e sempre procedeu com extrema gentileza. Gosto tanto dele quanto do velho Trond.

— Pois não deve gostar — retruquei secamente. — Você deve gostar apenas de mim!

Ela meneou a cabeça, sorrindo vagamente. Depois, deu de ombros.

— Ora, amor! Você não compreende nada! Eu gosto de Naddok, mas não da forma que gosto de você. Você é o meu amor, entende? E o amor vale mais.

— Prometa-me que não brincará mais com ele — insisti. — Prometa-me que não receberá mais nenhum presente das mãos dele. Prometa-me!

E escondi a cara entre os seus seios nus. Ela me acariciou a nuca.

— Claro, amor. Farei o que me pede. Mas você não deve se preocupar com essa bobagem. Naddok é nosso amigo. Ele não

VIII • O Primeiro Desentendimento

sabe que você não gosta dele. E eu não vejo razões para isso. Mas farei o que me pede, se isso o faz feliz.

No dia seguinte, procurei Frei Olafsson, na capela cristã, e pedi para me confessar. O velho sacerdote sorriu com bom humor. Do outro lado da rua, à porta do templo pagão, outro *akhin* olhava para nós com ar satisfeito.

– Não há confissões onde não há pecados, Helyud – disse Frei Olafsson. – Nós oramos a Deus para que nos mantenha unidos e felizes, mas não usamos o sacrifício da confissão. Há muitos séculos, realmente, havia esse uso, mas foi abolido por falta de candidatos. Nunca houve pecadores, entre os valhalas.

Estive a pique de dizer que eu não era valhala, mas contive-me.

– E meu casamento com Odine? – perguntei. – Minha companheira está grávida de duas luas. Isso não pode apressar a cerimônia? Não me sinto seguro enquanto Odine não for minha mulher legítima.

– Espere um pouco, Helyud. Temos que seguir as leis. Depois do período de dúvida, eu terei muito prazer em casar vocês. Antes, não posso. Só se você obtiver permissão do Grande Conselho. Mas não há motivos para isso. Agora, que Odine está esperando cria, vocês terão ainda mais regalias do que antes. E o tempo passa depressa, em Valhalah. Aprenda a esperar, meu filho. E não tema nada, porque Odine está apaixonada por você. Ela é uma menina muito bonita e tem um gênio adorável. Você é um homem feliz, Helyud Sovralsson.

Mas não, eu não era feliz. O ciúme, e o medo de perder Odine, roíam minhas entranhas. Contudo, não podia fazer nada senão enfrentar o drama de minha própria consciência, a tragédia que só existia dentro de mim.

Saí da igreja tão acabrunhado como antes de lá entrar. Não, a Fonte da Felicidade não era tão milagrosa como pensavam os valhalas; eu, pelo menos, não sentia totalmente os seus efeitos benéficos.

Caminhei pela praça e passei pelos portões da fundição, onde os ferreiros cantavam alegremente, enquanto trabalhavam na forja. Num quintal, ao lado do prédio, vi uma pilha de tijolos amarelos e brilhantes. Perguntei a um operário (Jorund, da família Nalfdamni) se aquilo tudo era ouro.

— Sim — respondeu ele, sorrindo diante do meu espanto. — São barras de ouro puro, prontas para serem cunhadas. Nicolaf Asbradson encontrou outra mina de ouro na floresta, à beira de um córrego.

— E todo esse tesouro fica aqui, ao ar livre?

— Sim. Onde deveria ficar, senão aqui?

— Bem... Não há perigo de que alguém o roube?

— Alguém faça o quê?

— Roube. Você sabe como é... Alguém pode apanhar o ouro e fugir com ele.

— Fugir? Para onde? — Jorund estava perplexo. — E para quê alguém, que não seja um forjador, ia querer tanto ouro? O ouro não se come e pesa muito. Ninguém precisa de barras de ouro; mas, ainda que precisasse, poderia trocá-las por cotas de trabalho. Há muitos anos que os minerais reduzidos são depositados aqui e nunca ninguém olhou para eles do jeito que você está olhando. — Ele deu uma risada. — Sim, o ouro é, realmente, muito bonito e resistente, mas eu prefiro a brancura da prata. Se você gostou de alguma dessas barras, Helyud, pode levá-la e fazer um degrau na sua *skali*. Talvez você não saiba, mas o matemático Rurik fez uma linda escada de prata.

— Não, obrigado. Eu estava apenas comentando... Francamente, não saberia o que fazer com um lingote de ouro. Prefiro o outro transformado em talheres.

VIII • O Primeiro Desentendimento

Voltei para casa, porque estava na hora do almoço. E tive uma desagradável surpresa. Odine tinha ajudado a sra. Gudlangson a fazer a comida e, como a cozinha era muito quente, minha companheira despira a blusa de linho. Qual não foi a minha indignação quando encontrei Naddok na sala, brincando de cavalinho com os dois filhos do casal Finnbogi.

— Vim almoçar com vocês — disse o rapaz moreno, sem perder o sorriso odioso. — Odine me contou que você não quer que eu brinque com ela; por isso, estou brincando com as crianças. Geirrid é muito engraçada.

Engoli em seco, apanhado de surpresa, pois não esperava que Odine fosse tão indiscreta.

— Eu não disse que não queria que vocês brincassem — retruquei. — Que tolice! Você é amigo de minha mulher e, portanto, meu amigo também. Eu simplesmente pedi a Odine que soubesse se comportar. Há um limite para tudo. E você, Naddok, já devia ter percebido onde fica esse limite, para saber respeitá-lo!

— Ora, ora, ora! — fez ele, dando uma risada. — Não se aborreça, irmão Helyud. Você devia estar muito contente, pois sua mulher está esperando criança. Isso fará de você um legítimo *halchuinin*. Espero que o menino nasça parecido com você. Sinceramente, é o que todos nós esperamos.

Não tive tempo para esbofeteá-lo, como era o meu desejo, pois Odine e a sra. Gudlangson entraram nesse momento na sala, dando grandes risadas. Uma panela tinha caído do fogão e a galinha assada voara para cima da mesa. Esse estúpido incidente fora o bastante para divertir as duas mulheres.

Quando vi que Odine trazia os seios nus, senti uma tonteira.

— Odine! — gritei, irritado. — Será que minha palavra já não vale nada? Eu não lhe pedi que nunca mais andasse sem a blusa? Será que você perdeu, mesmo, toda a vergonha?

— Oh, desculpe! — balbuciou ela, vermelha como um tomate. — Como eu estava em casa, pensei que você não se importasse... Desculpe, amor. Vou vestir a blusinha outra vez.

E saiu correndo para o nosso quarto. Notei que os olhos negros de Naddok a acompanhavam, fixos nas suas nádegas brancas e redondas. Aquilo era o cúmulo da provocação! De repente, vi-me espumando de ódio e gritando uma torrente de ofensas, em inglês, que Naddok ouviu assombrado. Por fim, apontei a porta da rua e ordenei-lhe que se retirasse. Ele parecia sinceramente perplexo, diante do meu furor.

— Você está me expulsando da sua *skali*? — perguntou, formalizado.

Era a primeira vez que um *halchuinin* expulsava um irmão de sua *skali*. Até a idosa sra. Gudlangson parecia estupefata com a minha atitude insólita.

— Sim — gritei, para Naddok. — Ponha-se daqui para fora! Não admito que você venha me desfeitear,[4] em minha própria casa! Se Odine não tem pudor e insiste em manter amizade com um atrevido como você, eu terei que tomar uma decisão! Ouça claramente, Naddok Knutsen: eu o detesto e não quero mais vê-lo na minha frente! E muito menos quero que você volte a se aproximar de minha mulher! Agora, dê o fora ou eu lhe quebro a cara!

Ele piscou os olhos, aturdido; depois, sorriu.

— Ora, ora, ora! Não se aborreça, Helyud! Eu não sabia que você me detestava. Que Deus o perdoe e lhe dê entendimento, para que você possa viver em paz consigo mesmo. Mas, se você sente prazer em me expulsar da sua *skali*, eu irei embora e nunca mais aqui porei os pés! Adeus, Helyud de Nioc!

Depois que ele saiu, Odine apareceu correndo e encarou-me com expressão de mágoa.

---

4. Nota do org.: **Desfeitear:** afrontar, insultar, ofender.

— Ouvi tudo, amor. Por que fez isso? Por quê?
— Porque eu a amo! — gritei. — E não admito que nenhum outro homem me faça de idiota! Você é minha e só minha! Acho que estou sendo claro, não estou?
— Eu sou sua e só sua, amor — disse ela, com voz trêmula.
— Mas você foi muito estúpido para com Naddok. Nunca, até hoje, um *halchuinin* tratou assim o seu irmão!
— Que irmão coisa nenhuma! Esse sujeitinho é um atrevido! E eu não sou um *halchuinin*! Portanto, não admito que você proceda como uma prostituta!

Depois de dizer isso, arrependi-me, porque a sra. Gudlangson soltou um grito de espanto e pesar. Ela não sabia o que era uma prostituta, mas ficara assustada ao ouvir-me afirmar que não era um *halchuinin*; isso queria dizer que eu poderia ser um *nacon*. Também me arrependi de minha cólera e de ter ofendido Odine tão gravemente. Pela segunda vez eu lhe pedi perdão.

— Desculpe, querida. Não tive a intenção de... Você deve compreender que...

— Sim — disse ela, meigamente, afagando-me o rosto pálido de ira. — Não se zangue, amor. Eu o perdoo, desde que você também me perdoe. Sou muito teimosa e ignorante. Perdoe-me também. Amar é saber perdoar pela segunda vez.

Eu me sentia culpado, apesar de me sentir cheio de razões. Minha mente estava confusa. Sentia-me o responsável pelo primeiro desentendimento entre os valhalas. Como já dissera Odine, antes de minha chegada a Valhalah a vida no platô era um paraíso, pois os *halchuinins* não conheciam o pecado nem os defeitos comuns aos homens de minha civilização. Eu levara para ali a mentira, a malícia, o ciúme e o ódio.

E muito breve levaria o crime.

Capítulo IX

AS FESTAS DO SOL E DA LUA

Eu tentava me convencer a mim mesmo de que agira corretamente, ao expulsar Naddok da *skali* dos Gudlangson, mas a atitude dos valhalas, depois do episódio, demonstrava que eles não tinham ficado satisfeitos. Na opinião de nossos vizinhos da Rua dos Artistas, minha chegada a Valhalah trouxera a intranquilidade e o desentendimento ao seio do povo. Havia até *halchuinins* que se mostravam inclinados a pedir uma reunião extraordinária do Grande Conselho das *Batabs*, a fim de julgar os fatos. Mas, como os membros do Grande Conselho não eram eleitos por voto democrático e sim pelas suas reais aptidões administrativas, a influência dos *halchuinins* era muito relativa no Governo das mulheres. E estas não queriam entregar o julgamento ao Palácio da Justiça, porque achavam que não era caso para tanto. Meu desentendimento com Naddok devia ser revolvido entre nós, amigavelmente. Eu sabia que Naddok queria fazer as pazes comigo, mas preferi afrontar a reprovação da tribo e manter o atrevido à distância. Só o fato de saber que o rapaz gostaria de voltar a frequentar a nossa *skali* bastava para que eu desconfiasse de suas intenções em relação a minha noiva.

Quanto a Odine, mantinha-se fielmente do meu lado, enfrentando a desaprovação de nossos vizinhos com um sorriso forçado.

— Helyud tem o direito de defender o que lhe pertence — dizia ela. — Você são índios muito ignorantes e não conhecem o modo de agir das pessoas mais civilizadas. Quando um estrangeiro ama sinceramente uma mulher, quer que ela seja apenas sua e não brinque estupidamente com seus irmãos. É uma atitude correta, ditada pelo bom senso, própria de seres cultos e refinados. Nós, que somos um povo pouco evoluído, é que julgamos que isso seja egoísmo, avareza ou amor próprio exagerado. Mas até os machos, entre os bichos de Deus, protegem as suas fêmeas e não deixam que elas sejam incomodadas pelos outros machos da mesma espécie. Se Helyud me defende dos outros *halchuinins*, é sinal de que me ama demais. E isso me faz muito feliz, porque eu também o amo demais.

Os vizinhos, porém, viam na minha atitude intransigente um sinal de fraqueza e despotismo; além do mais, eu ainda não era casado legalmente com Odine. E eu sentia que minha companheira apenas me apoiava por amor; no fundo, também ela me condenava. Talvez eu próprio me condenasse, se encarasse friamente a questão. Mas eu estava cego pelo ciúme.

A vida em comum, na cidadela, tornava-se um fardo pesado para mim. Na Escola Superior, quando dava minhas aulas de História Universal, o ambiente já não era o mesmo. Os rapazes e as moças não se tornaram hostis, mas pareciam magoados comigo, só porque eu expulsara Naddok da minha *skali*; era como se aquele simples ato de defesa fosse uma grave ofensa para os valhalas. Muitos estudantes deviam estar perguntando a si mesmos se eu algum dia poderia ser considerado um *halchuinin*; minha atitude agressiva e intransigente era mais digna de um *nacon*. Afinal, para eles, eu era um estrangeiro e, por isso, devia ser encarado com reservas.

Foi então que chegou a Festa do Sol, uma comemoração pagã inspirada no calendário asteca. Odine me preveniu sobre o evento, dizendo que todos os valhalas teriam que participar dos brindes, confraternizando uns com os outros, na praça, diante da Pirâmide do Adeus. Durante a festa, até a diferença social entre *halchuinins* e *halchnacons* seria esquecida e os filhos dos operários poderiam brincar com os capacetes de plumas dos chefes guerreiros. Eu não queria participar da festa, para não ver a cara de Naddok, mas minha companheira insistiu para que fôssemos, a fim de aliviar a tensão. Além disso, as *batabs* poderiam se ofender se nós não confraternizássemos com elas.

— Por que não vai você sozinha? — perguntei, irritado. — Já estou ficando cheio de ser olhado na rua como um animal diferente dos outros!

— Onde eu for, você irá também — respondeu ela, beijando-me com ternura. — Agora, eu não saberia dar dois passos, na praça, sem me sentir protegida por você. Por favor, Helyud, nunca me deixe andar sozinha!

— Está bem — suspirei. — Se esse é o costume entre os valhalas... Mas confesso que não me agrada nada essas Festa do Sol.

— O sol é a vida — disse Odine, voltando a sorrir. — Amanhã, prestaremos nosso culto à fonte do calor e, na semana que vem, brindaremos em honra da Lua, que é a deusa da tranquilidade e do amor. Espero que haja muitos casamentos, este ano, durante a Festa da Lua. Os noivos sempre escolhem esta data para se casarem porque seus nascerão sob a influência benéfica da lua cheia.

No dia seguinte, a cidadela amanheceu embandeirada, cheia de flâmulas de papel colorido. Ao meio dia, a Praça dos Palácios já estava entupida de homens e mulheres seminus, com barretes na cabeça e chocalhos nas mãos. O ruído desses chocalhos de metal era ensurdecedor. Associei logo esse costume ao das festas pagãs dos vikings, onde os guerreiros também usavam uma espécie de pinhas, de ferro anelado, cheias de pedrinhas. A única diferença era que os chocalhos dos valhalas tinham sido feitos de prata e de ouro e recheados de diamantes. Mas os *halchuinins* não davam grande valor àqueles objetos.

Eu e Odine chegamos à praça logo depois do almoço e nos misturamos com a multidão barulhenta. Minha companheira também levava um chocalho, que sacudia alegremente no ar.

IX • As Festas do Sol e da Lua

Procurei Naddok, com os olhos, por entre os outros *halchuinins* entusiasmados, mas não o vi. Isso me tornou mais aliviado e aceitei uma taça de hidromel que uma jovem valquíria me ofereceu. Era uma mocinha ruiva, de covinhas nas faces e grandes seios rosados.

— Beba, irmão Helyud — disse ela, olhando-me curiosamente com seus grandes olhos verdes. — Nosso hidromel é feito com a água da Fonte da Felicidade. Você não encontraria outro igual em Nioc.

Todo mundo achava graça no nome da cidade de onde eu viera, New York.

— Obrigado — respondi. — Que o sol lhe dê bastante calor e você encontre um homem que a faça feliz.

Então, Odine me arrastou dali, enquanto a garota ficava dando risadas. Daí a pouco, o sino bateu, na capela cristã, e Frei Olafsson apareceu numa sacada, no alto do prédio, onde fez uma pregação e uma elegia ao sol. O mesmo aconteceu no templo pagão dedicado a Odin; aí, um *akhin* cabeludo referiu-se ao astro-rei como sendo o carro de Thor, puxado por bodes chamejantes. Reparei que só os *halchnacons*, que tinham subido ao platô para participar da festa, levaram a sério as palavras do sacerdote pagão; a maioria dos *halchuinins* era cristã.

As comemorações se prolongaram pela tarde toda, enquanto um sol muito quente dourava a praça engalanada.[5] Ao entardecer, um conjunto musical (usando instrumentos exóticos) pôs-se a tocar melodias alegres e ritmadas, cujo som contagiou o povo. A essa altura, já estavam todos cheios de hidromel. Teve início, então, um baile ao ar livre. Dancei com Odine, ensinando-lhe alguns passos de dança ocidentais, e logo consegui uma porção de discípulos, que também queriam dançar aos pares. A brincadeira me distraiu tanto que, por um momento, esqueci as minhas desconfianças e relaxei a

---

5. Nota do org.: **Engalanada:** ornada, enfeitada.

minha vigilância sobre os outros participantes da festa. O sol declinava rapidamente e o baile chegava ao fim. Então, procurei por Odine e não a vi ao meu lado. Senti um desagradável pressentimento.

— Onde está Odine? — perguntei à sra. Gudlangson, que estava sentada à escadaria do Palácio das Leis.

— Não sei — disse ela, sorrindo. — A última vez que a vi, ela estava dançando com Brunhilda, Oldemor e Thorvald Vilgerson. Hoje, os *halchnacons* podem dançar com os *halchuinins*. É a Festa do Sol.

Corri ao Palácio da Aprovação, mas não encontrei minha companheira. Também não vi Brunhilda, nem o cruel Thorvald. Só quando o povo já ia se retirando da praça é que encontrei Odine. Ela estava sentada numa banqueta, diante da Pirâmide do Adeus (que fora acesa e onde se consumiam ervas aromáticas) e Naddok conversava com ela!

Naddok!

Senti o sangue subir ao meu rosto, e não era efeito do hidromel. Na mesma hora, avancei para o meu rival e dei-lhe um soco na cara. Ele cambaleou e caiu no lajedo, onde ficou sentado, meio tonto. Odine gritou e agarrou-me pelo braço, pedindo-me que tivesse calma.

— Eu é que falei com ele, amor — disse, nervosamente. — Ele não estava falando comigo. Fui eu a culpada.

— Um duelo! — rugi. — Exijo um duelo!

Um grupo de índios brancos me cercou, olhando para mim com espanto e um pouco de receio. Pelo visto, aquela gente idiota também não sabia o que era um duelo. Contudo, o ambiente sugeria uma festa da Idade Média.

Mas minha honra não foi lavada em sangue, como eu desejaria. Imediatamente depois de minha estúpida agressão, apareceram várias *batabs* e pediram-me que explicasse o motivo daquele

IX • As Festas do Sol e da Lua

gesto insólito. Naddok continuava sentado no chão, balançando a cabeça, com um fio de sangue no canto dos lábios.

— Fale, amor — disse Odine. — As *batabs* querem saber! Diga que fui eu a culpada!

Mas eu apenas agarrei no braço dela e arrastei-a de volta para a cidadela, por entre grupos de *halchuinins* silenciosos. Eu também acabara de estragar a Festa do Sol.

No dia seguinte, fui levado à presença do Grande Conselho, na Sala de Recepções do Palácio da Aprovação, e submetido a um interrogatório. Naddok também estava lá, com os beiços inchados devido ao corretivo que eu lhe aplicara. Eu esperava ser condenado a algum castigo medieval, mas não houve nada disso. Brunhilda tomou a palavra, em nome das *batabs*:

— Helyud Sovralsson, você não acrescentou nada, nem tirou nada, àquilo que já sabíamos. Nosso irmão Naddok, da família Knutsen, acaba de confessar que procedeu mal para com você, afrontando-o e provocando a sua ira. O Grande Conselho decidiu que ele lhe peça desculpas publicamente, bem como à sua fiel companheira Odine, da família Brondsted. Segundo a versão de Naddok, ele o ofendeu gravemente e você apenas se defendeu de uma agressão imprevista. Queremos saber se Naddok deve ser castigado com rigor.

— Sim — disse eu, sem o menor escrúpulo. — Ele tentou me agredir, depois de ter ofendido também minha companheira.

Era mentira, mas eu estava furioso. Brunhilda suspirou, trocou um olhar de entendimento com as outras viúvas, e disse que o culpado sofreria um castigo exemplar. Eu esperava que Naddok protestasse, mas o rapaz continuava calado, de cabeça baixa, como se ele é que se sentisse arrependido. Sua atitude contrita acabou por me impressionar. Não estaria eu sendo injusto demais?

— Quero fazer outra declaração — disse, então, a contragosto. — Naddok não foi culpado de nada. Ele apenas estava conversando com Odine e eu me senti irritado, porque ainda não me acostumei com os hábitos dos valhalas. Peço ao Grande Conselho que dê o incidente por terminado, sem que nenhum de nós sofra o menor castigo. Onde não há crimes, não pode haver castigos.

— Palavras sábias e cristãs — observou uma das valquírias.

— Muito bem — disse Brunhilda, aliviada. — O incidente está encerrado, em definitivo. Vamos nos preparar, agora, para avisar às *batabs*[xxxviii] do Tribunal de Justiça.

Ouvi o toque de um gongo, numa das dependências do palácio. Devia ser algum anúncio convencional, pois o povo reunido na praça começou a cantar e a dançar, presa de grande entusiasmo.

— Gostaria que Helyud me perdoasse — arriscou Naddok, erguendo a cabeça. — Pois aproveito a ocasião para jurar que nunca mais ofenderei o meu irmão.

Todavia, recusei bater três vezes no seu peito nu. Então, ele suspirou e retirou-se da sala, arrastando os pés. Brunhilda voltou a falar:

— Helyud Sovralsson, o Grande Conselho também decidiu sobre o seu casamento com Odine Brondsted. Fica revogado o decreto anterior. A pedido de sua companheira, que agora está esperando um filho seu, vocês se casarão durante a Festa da Lua. E você será reconhecido por todos os valhalas como um verdadeiro *halchuinin*, útil à coletividade. Espero que isto o torne mais feliz e lhe dê um pouco mais de confiança própria.

Foi uma verdadeira surpresa. Corri para casa e comuniquei a notícia a Odine. Ela também ficou muito contente. Mas, ao ver que ainda havia uma sombra em meu rosto, abraçou-me e pediu-me que aprendesse a sorrir.

— Não posso sorrir — respondi secamente. — Não depois do que vi na praça! Você tinha me prometido que não falaria mais com aquele patife. E confessou que foi você quem iniciou a conversa.

— Desculpe — murmurou ela. — Eu me esqueci... Mas a verdade é que foi Naddok, mesmo, que falou comigo. Ele não compreende nada, amor. Naddok é muito ignorante e grosseiro e só merece a sua piedade. Não devemos bater com a mão fechada nos ignorantes e sim ensiná-los a agir direito. Os animais não entendem certas coisas que são muito importantes para os homens educados. E Naddok é um bicho, amor. Mas ele está arrependido de ter falado comigo, durante a Festa do Sol. Os animais sempre se arrependem, quando não fazem as coisas bem feitas.

— Sim — disse eu, secamente. — Ele está arrependido.

— E será castigado por seu atrevimento.

— Não — disse eu, ainda, fazendo uma careta. — Eu não permiti que ele fosse castigado. Afinal, cada um de nós tem a sua parcela de culpa. O caso está encerrado e não se fala mais nisso.

Odine arregalou os olhos, encantada, e me beijou ardentemente na boca.

— Oh, amor! Você não quis que Naddok fosse castigado? Mas, então... então, você provou às *batabs* que é um legítimo *halchuinin*! Que felicidade, amor! Nosso filho nascerá louro e de olhos azuis!

Passou-se a semana e chegou a noite da Festa da Lua. Eu e Odine vestimos camisolas de linho branco, pusemos flores nos cabelos e fomos para a capela cristã da praça. Era o nosso casamento. O sino tocou, chamando os fiéis para assistirem à cerimônia. Mas não era apenas o nosso casamento; havia outros dezenove casamentos, naquela noite de lua cheia. E, entre os noivos, com imensa surpresa, vi um casal paramentado igual a mim e Odine: Naddok e Landy Knutsen, sua prima, uma garota de 18 anos que frequentava a minha aula de História na Escola Superior de Valhalah. Eu não sabia que eles também iam se casar, e muito menos naquela noite.

— Está admirado? — sussurrou Odine no meu ouvido. — Sim, eles estavam namorando há muito tempo. Mas só há poucos dias pediram licença para se casarem legalmente. Landy está esperando um filho de Naddok, porque há quatro meses que eles frequentam a gruta e bebem na Fonte da Felicidade. Agora, espero que você nunca mais maltrate o pobre rapaz. Casando-se com Landy, que é uma moça mais bonita e inteligente do que eu, Naddok nunca mais vai querer brincar comigo. E, dentro de cinco luas, ele terá um filho para brincar.

Frei Olafsson oficiou as vinte cerimônias nupciais, segundo o antigo rito cristão, e nos abençoou a todos, aconselhando-nos fidelidade, amor e mútua compreensão. Odine estava tão feliz que queria beijar todos os outros noivos, mas eu lhe pedi que sofreasse[6] os seus transportes de ternura; bastava que ela beijasse o seu próprio marido.

Depois dos casamentos, o hidromel foi servido a todos os presentes, em taças de prata lavrada. Observei que as valquírias que nos serviam tinham posto uma espécie de *soutien* ao entrarem na igreja. Bati minha taça em todas as outras. Quando foi a vez de Naddok, hesitei, mas Odine me deu um discreto beliscão na nádega. Então, também bati na taça de meu ex-rival. O rapaz moreno sorriu e bebeu sofregamente o seu hidromel, como se tivesse medo de que eu me arrependesse e lhe arrancasse a taça das mãos. Landy Knutsen (uma garota magra, de grandes tranças ruivas) beijou-me nas faces e sussurrou no meu ouvido:

— Perdoe o meu Naddok, sim? Ele nunca mais obrigará você a lhe bater com a mão fechada. De hoje em diante, seremos dois casais felizes, conforme deve ser em Valhalah.

---

6. Nota do org.: **Sofrear:** refrear, conter.

IX • As Festas do Sol e da Lua

– Okay – rosnei. – Espero que assim seja. Onde é que vocês vão morar?

– Na Rua dos Artistas número 9 – respondeu ela. – Na *skali* dos Erikson, que fica justamente ao lado da sua. Eu sou cria dos Erikson.

Não tive tempo para dizer nada, pois Frei Olafsson nos convidava para ir, em procissão, à Fonte da Felicidade. Depois do casamento, todos os noivos deviam ir à gruta, para confirmar a cerimônia religiosa, segundo o costume valhala.

A procissão dos recém-casados partiu para a gruta, sob as ovações do povo que se comprimia ao longo da estrada. Todos estavam alegres, menos eu. Debalde Odine procurava me fazer sorrir, com seus comentários jocosos. Eu não achava graça em nada; estava furioso, porque Naddok e Landy iriam ser nossos vizinhos. Embora tivesse me casado com Odine, obtendo dela o juramento de eterna fidelidade, ainda tinha as minhas desconfianças.

Mas, ao entrar na gruta, onde ficava a Fonte da Felicidade, senti-me um pouco mais tranquilo. Aquela caverna sombria, silenciosa, exercia um efeito calmante sobre os nervos de qualquer pessoa. Naddok e Landy beberam antes de mim e me cederam o seu lugar. Eu e Odine bebemos também, na palma da mão. E, de repente, vi-me na frente de Naddok, que sorria com o rosto todo.

– Felicidades, irmão Helyud – disse ele. – Espero que você não guarde ressentimentos. Agora, cada um de nós obteve aquilo que desejava. Se você for bastante bondoso para me perdoar, eu gostaria de lhe bater no peito. Com a mão aberta, é claro...

Engoli em seco, ao ver que todos os outros casais de noivos nos observavam sorrindo. Então, dei de ombros e concordei.

— Sim, Naddok, cada um de nós obteve o que desejava. Está tudo esquecido. Podemos confraternizar, como dois legítimos *halchuinins*.

Ele foi o primeiro a bater três vezes no meu peito; em seguida, eu fiz o mesmo no peito dele, arrancando gritos de júbilo de todos os que assistiam à cena. Odine, feliz e orgulhosa, disse que sentia perfeitamente que nosso filho também estava batendo palmas dentro de seu ventre. É claro que havia um grande exagero nisso.[xxxix]

Capítulo X

CRIME NA GRUTA

De qualquer maneira, fora feita a paz entre Helyud Sovralsson e Naddok Knutsen. Mas era uma paz aparente, superficial, que não descera sobre o meu espírito. Ao bater três vezes no peito de Naddok, eu fora puramente teatral; cada vez que me lembrava de que ele se tornara meu vizinho, na Rua dos Artistas, eu voltava a odiá-lo e a pensar num meio de ficar livre dele.

A oportunidade surgiu por acaso. Um mês depois do nosso casamento oficial, Odine e Landy já eram amigas íntimas e, todos os domingos, iam à igreja juntas. Eu não podia proibir minha mulher de fazer camaradagem com a nossa vizinha, principalmente porque Landy era uma garota simpática e prestativa, e não podia ser responsabilizada pelo procedimento de seu marido. Naddok é que continuava o mesmo atrevido, fingindo que não entendia a minha evidente animosidade. Eu tinha toda a confiança em Odine, sabia que ela sempre me fora e me seria fiel, mas continuava a suspeitar das intenções do rapaz moreno; Naddok seria muito capaz de me fazer alguma traição. Quanto mais não fosse, para se vingar de mim. O que me causava maior indignação eram os seus sorrisos, dirigidos a Odine, sempre que nos encontrávamos na rua; eu tinha a impressão de que ele deixara de ser brincalhão para ser malicioso. E eu me mordia de ciúme.

Agora sei que não havia maldade no espírito do rapaz, que nenhum *halchuinin* é malicioso, mas eu encarava o caso sob o ponto de vista de um homem supercivilizado, ou seja, cheio de susceptibilidades e desconfianças.

Como estava dizendo, a oportunidade surgiu por acaso. Certa noite, eu estava sem sono e resolvi passear sozinho pelo platô. Odine tinha adormecido na rede e não me viu sair do quarto. Não havia ninguém na sala da *skali* dos Gudlangson. Desci à Rua dos Artistas e pus-me a caminhar no sentido da Praça dos Palácios. Já passava da meia-noite e não encontrei nenhum valhala nas ruas estreitas e silenciosas, banhadas pelo luar. Era outra noite de lua cheia.

Atravessei a praça e continuei minha caminhada, ultrapassando o Palácio da Justiça e tomando pela Estrada das Flores. Inconscientemente eu me dirigia para a Gruta da Felicidade. A meio do caminho (quando já avistava, ao longe, os rochedos cristalinos onde ficava a caverna), ouvi um assobio. Parei e olhei para trás. Alguém vinha andando pela Estrada das Flores, assobiando alegremente. À luz branca da lua, reconheci Naddok Knutsen. Que coincidência! Talvez ele também estivesse com insônia naquela noite...

Sim, talvez ele estivesse pensando em minha mulher...

Esperei por ele e começamos a conversar, enquanto prosseguíamos, juntos, na caminhada. Tal como eu, Naddok usava apenas uma tanga de algodão estampado, fabricada em série pela tecelagem de Valhalah.

— Vou até à fonte — confidenciou o rapaz moreno. — Landy quer aquela flor solitária que nasceu no alto da gruta. Resolvi ir buscá-la esta noite. Depois da meia-noite, nenhum valhala costuma ir beber na fonte.

Lembrei-me de que, realmente, eu também vira uma espécie de orquídea, muito ornamental, que nascera espontaneamente numa fresta da rocha, alguns metros acima da Fonte da Felicidade. Uma orquídea que não precisava de sol.

— Vou com você, Naddok. Não tenho um pingo de sono.

— Ótimo — disse ele, abrindo-se num sorriso. — Assim, você me ajudará a colher a flor. É pena que só haja uma, porque Odine também gostaria de ter uma flor noturna tão bonita.

— Odine já tem flores demais.

Ele olhou para mim de soslaio, sorriu e não disse mais nada. Caminhamos mais um pouco, em silêncio, solitários no meio da estrada; depois, ele voltou a falar e sua voz ganhou um acento lamentoso:

— Irmão Helyud, que deveria eu fazer para que você me olhasse como um verdadeiro amigo?

Senti um calafrio, ao ver que ele adivinhava os meus pensamentos.

— Não sou seu inimigo, Naddok — respondi. — Mas confesso que não compreendo a sua insistência em querer se fazer meu íntimo. Agora, que você se casou com Landy, devia se dedicar mais à sua mulher do que aos seus vizinhos.

— O casamento não é uma prisão — retrucou ele. — E um valhala, só porque se casa com a mulher que ama, não deixa de ser irmão dos outros. A amizade é tão importante quanto o amor. Com o tempo, talvez você compreenda a maneira de viver do nosso povo e se entregue, sem reservas, à alegria da vida.

— Quer dizer — perguntei, tenso. — que você pretende continuar a brincar com Odine?

— É claro que sim. Odine é apenas minha irmã. Pretendo fazer com que você veja em mim um amigo fiel.

— Não é assim que o conseguirá — rosnei, sofreando a indignação.

Chegávamos ao dólmen que assinalava a entrada da caverna. Olhamos ao redor. Ninguém. O silêncio era absoluto. À luz pálida da lua, o rosto de Naddok parecia a máscara risonha da Comédia grega; quanto ao meu, devia se assemelhar à máscara sombria da Tragédia.

– Vamos entrar – disse o rapaz moreno, dando o exemplo. Penetramos na caverna, seguimos pelos túneis úmidos e abafados e desembocamos na gruta onde ficava a fonte. A água cristalina escorria sem parar, fazendo "glu-glu" na bacia de pedra. Erguemos os olhos e vimos a orquídea silvestre, presa ao rochedo, com as pétalas penduradas sobre a fonte. Para atingi-la, seria necessário trepar pelas paredes limosas da gruta. Naddok tirou as sandálias.

– Vou subir – anunciou. – Ajude-me a alcançar as pedras mais altas.

Entrelacei os dedos, transformando-os num estribo, e ele passou para a parede, apoiado em mim. Vagarosamente, foi subindo, agarrado às arestas das pedras irregulares, pousando os pés nus nas saliências da rocha. A flor estava a cerca de quatro metros de altura, no teto da gruta. Quando Naddok atingiu os dois metros, estendeu a mão e inclinou perigosamente o corpo, sem um apoio sólido. Conseguiu agarrar a orquídea, mas quando já estava perdendo o equilíbrio. Fascinado, eu assistia a tudo sem dizer uma palavra. Percebi que ele ia despencar do alto (e poderia apará-lo na queda), mas não consegui me mover. Ou não queria me mover. Meus pensamentos eram confusos, naquele momento, e minha indecisão se tornou criminosa. Naddok deu um grito e despenhou-se[7] no vazio, de uma altura de dois metros, tombando pesadamente no solo pedregoso. A queda não teria graves consequências, se ele caísse sobre as mãos e os joelhos; porém, agarrado à flor, caiu de cabeça para baixo. Seu crânio bateu surdamente nas pedras do chão, e seu corpo rolou alguns metros, até ficar imóvel.

– Naddok! – gritei, saindo do meu estupor. – Você se machucou?

Acorri e procurei sentá-lo no chão. Sua mão direita, fechada, tinha esmagado a orquídea, cujas pétalas saíam de entre

---

7. Nota do org.: **Despenhar:** cair, jogar-se ou se precipitar de grande altura.

seus dedos inertes. Com a pancada, Naddok perdera os sentidos. E estava à minha mercê.

No primeiro momento, pensei em banhá-lo na água da fonte e procurar socorro, mas, depois, refleti melhor e deixei que o ciúme e o ódio orientassem minhas ações. Aquela era uma excelente ocasião para me vingar do meu rival. Ele próprio dissera que não pretendia desistir de andar atrás de minha mulher; eu tinha de matá-lo!

Tinha de matá-lo, e de maneira que todos os valhalas pensassem que fora um acidente. Isso não seria difícil, pois nunca houvera um homicídio entre os *halchuinins*... Os *halchuinins* não conheciam o crime de Caim.

Cheguei a apanhar um pedregulho. Mais algumas pancadas na cabeça do rapaz e tudo estaria terminado. Mas não tive coragem de consumar o crime. Refleti um pouco e cheguei à conclusão de que seria arriscado tomar aquele caminho. Alguém poderia ter me visto entrar na gruta, com Naddok, e pensar coisas... O mais seguro era fazer desaparecer o corpo. Matá-lo, sim, mas de outra maneira mais engenhosa, mais refinada...

Não havia nenhuma dificuldade, pois eu teria a noite toda para trabalhar. Pouco antes, Naddok dissera que não era costume dos valhalas beberem água na fonte depois da meia-noite. E eu já sabia onde podia meter o homem desacordado, para que ninguém o encontrasse mais. Naddok simplesmente desapareceria da face da terra, sem deixar vestígios.

Havia um nicho numa das paredes da caverna anterior àquela gruta; também havia muitas pedras soltas, retangulares, disseminadas ao longo dos corredores. Nervosamente, arrastei o corpo[xl] para o nicho, enfiei-o lá dentro e joguei em cima dele as suas chinelas de couro. Depois, comecei a tapar[xli] a abertura, com pedras e areia molhada.

As horas se passavam, sem que ninguém aparecesse na gruta, e meu trabalho progredia. Aos primeiros albores[8] da madrugada, quando a luz começou a penetrar timidamente no corredor de pedra, Naddok Knutsen estava perfeitamente emparedado na caverna. Enterrado vivo, como aquele personagem de Edgar Poe.[xlii] E a parede, de pedras irregulares, não guardava vestígios de meu trabalho insano. Ninguém jamais encontraria o túmulo do rapaz. E nenhum valhala descobriria que havia um assassino no paraíso...

Eram cinco e meia da manhã quando tomei banho, na fonte, e regressei à *skali* da Rua dos Artistas. Estava exausto e desgrenhado. Atravessei a sala (onde a sra. Gudlangson punha a mesa para o primeiro almoço) e fui para o meu quarto. Odine tinha acordado e esperava por mim, sentada na rede.

— Onde foi você, amor? — perguntou, curiosa.

Beijei-a nos lábios.

— Fui dar um passeio, querida. Não me demorei nem meia hora. Agora, vou dormir mais um pouco. Eu estava com insônia, sabe?

— É engraçado — disse ela, simplesmente.

Na mesma hora, eu tinha caído na rede e dormia a sono solto.

Acordei por volta do meio-dia. Felizmente, só teria que dar aula às duas da tarde. Tomei um banho e envergei uma nova tanga colorida, porque a outra estava suja e rasgada. Quando voltei para o quarto, encontrei Odine com uma expressão de alarme no rostinho mimoso.

— Que houve? — perguntei, procurando manter a calma.

— Naddok desapareceu — disse ela, encarando-me com seus olhos castanhos e límpidos. — Saiu da *skali* dos Erikson para ir à Gruta da Felicidade, mas não está lá. Ninguém o encontra,

---

8. Nota do org.: **Albor:** princípio, início, primeiros sinais.

X • Crime na Gruta

em parte alguma. Landy está muito assustada, coitadinha. Pode ter acontecido um acidente.

— Com efeito — assenti, fingindo-me preocupado. — Vou procurar por ele.

— Todos os *halchuinins* estão procurando por ele. Não é preciso que você se preocupe, amor. Esta noite, quando você saiu para passar, não teria visto Naddok, por acaso?

— Não. Há dias que não o vejo. E eu não fui para os lados da fonte. Fiquei por aqui mesmo, pelas ruas da cidadela.

— Ah! — fez ela, aliviada. — Graças a Deus! Por um momento pensei... Mas então você não encontrou Naddok pelas ruas.[xliii]

— Não, não o encontrei. Mas acho muito estranho esse desaparecimento. Será que ele fugiu de Valhalah? Podia ter descido para a floresta e...

— Não diga tolices, amor. Nenhum *halchuinin* foge de Valhalah. E Naddok não é um estrangeiro, não tem família lá fora. Felizmente, você não o viu, esta noite. Mas, para que ninguém pense que você o viu, é melhor não dizer que você andou passeando lá por fora a noite passada. Algum *halchnacon* poderia pensar que você ajudou Naddok a desaparecer. Thorvald seria muito capaz de pensar uma estupidez dessas.

Senti um arrepio. Será que Odine desconfiava da verdade? Mas seus olhos eram tão meigos e ingênuos... Não, ela não podia imaginar que eu fosse um assassino! Odine me amava e me considerava um homem perfeito!

As investigações, por ordem das *batabs*, continuaram durante a semana inteira, mas Naddok não apareceu. Ninguém encontrou uma pista dele. E Landy teve que admitir que seu marido a abandonara, descendo o platô e perdendo-se na floresta. Não havia outra explicação para o mistério.

— Ele ia apanhar a flor da gruta para mim — lamentou-se a garota. — A flor também desapareceu. Certamente, Naddok foi-se embora com a minha flor.

— Certamente — disse eu, enquanto Odine me olhava, séria, com seus olhos tristes. Porque seus olhos tinham ficado tristes.

Exatamente oito dias depois do sumiço de Naddok, houve uma forte tempestade e todos os *halchuinins* se recolheram às suas *skalis*, para passar o tempo em jogos de salão. E, como das outras vezes em que isso sucedia, eu e Odine fomos mais cedo para o quarto. Minha mulher estava se tornando roliça e seu rostinho infantil ficava cada vez mais compenetrado, como convinha a uma futura mamãe.

— Estive outra vez no hospital — disse ela, deitando-se de maneira a exibir uma barriga volumosa que ainda não tinha. — O dr. Ingolf confirmou o nascimento do bebê para daqui a cinco meses. Falta pouco, não é, amor? Já comecei a fazer uns casaquinhos de tricô...

Beijei-a com ternura e deitei-me ao lado dela. Houve um minuto de silêncio no quarto, enquanto a trovoada roncava lá fora. Depois, Odine murmurou:

— Helyud querido?

— Hem?

— Você tem certeza, mesmo, que não viu Naddok naquela noite em que ele desapareceu na Gruta da Felicidade?

— Claro que tenho certeza! — grunhi, irritado. — Por que esse interrogatório? Parece até que você duvida de mim!

— Não — disse ela, sorrindo tristemente. — Desculpe, amor. Um verdadeiro *halchuinin* não mente, porque não tem necessidade de esconder a verdade.

— E uma verdadeira *halchuinin* — retruquei asperamente. — confia no marido! Se eu tivesse visto Naddok, por que iria negar?

X • Crime na Gruta

— Claro, amor. Sou uma boba, mesmo! Por que você iria negar?

Depois de uma hora de amor, dormimos nos braços um do outro, como antes, como sempre. Mas o despertar foi muito desagradável. Eram sete horas da manhã e a tempestade passara. Foi a sra. Gudlangson quem nos acordou:

— Helyud? Odine? Que coisa horrível, meus filhos! Naddok está morto!

— O quê?! — gritei, saltando da rede. — Como sabem disso? Quem falou?

— Foi Jorund Halfdamni, aquele jovem operário da fundição. Ele esteve há pouco na gruta, para beber na fonte, e encontrou Naddok!

— Onde? — perguntei, anelante.

— Durante a noite — explicou a sra. Gudlangson. — caiu um raio na colina e rasgou as pedras do alto, fazendo tudo estremecer. Foi o martelo de Thor que se abateu sobre a colina. Então, algumas pedras do interior da gruta, que estavam soltas, caíram e deixaram à mostra uma cavidade. Aí dentro estava o cadáver de Naddok, todo coberto de sangue e com uma flor na mão. Certamente, ele apanhou a flor no alto, perdeu o equilíbrio e caiu por trás das pedras, onde morreu. O dr. Herjulfsson disse que Naddok estava apenas ferido na cabeça e morreu asfixiado atrás das pedras.

Eu devia estar muito pálido, porque Odine olhou para mim, levou a mão à boca e abafou um grito de horror. Voltei-me para ela, cerrando os punhos.

— Que foi? — perguntei, irritado. — Você olhou para mim como se me julgasse o culpado desse acidente! Já lhe disse que não vi Naddok naquela noite!

Mas percebi que minha mulher sabia. Ela percebera tudo. Mas eu também tinha a certeza de que podia contar com a sua discrição. Odine me amava.

A cremação do corpo de Naddok foi um espetáculo penoso, para mim. Todas as *batabs* estavam presentes, para oferecerem presentes ao morto. Os *halchuinins* cantavam e dançavam, bebendo hidromel. Oficialmente, Naddok morrera devido a um acidente, ao apanhar a orquídea na gruta. Landy não chorava, devido às suas convicções religiosas, e os outros membros da família Knutsen acompanhavam-na nessa atitude estoica. Para eles, Naddok se libertara e tinha subido ao paraíso. Junto com seu corpo foram queimados todos os seus objetos pessoais. A pira funerária, na Pirâmide do Adeus, ficou acesa a noite toda; de manhã, tudo tinha sido reduzido a cinzas, que seriam utilizadas na agricultura.

Quando eu e Odine íamos voltando para a Rua dos Artistas, Brunhilda nos alcançou na estrada da cidadela. A valquíria loura e robusta estava preocupada.

— Escute, Helyud Sovralsson — disse ela. — Você se encontrou com Naddok, na sexta-feira à noite?

— Não — respondi, estremecendo. — Não o via desde quarta-feira passada.

— É estranho... Oswald Marson afirma que viu Naddok entrar na gruta, depois da meia-noite de sexta-feira, em companhia de outro *halchuinin*, um homem alto e louro que lhe pareceu você... Mas a distância era muito grande e ele não tem certeza. Além disso, há o detalhe das pedras que caíram com a trovoada... A impressão é de que Naddok foi emparedado vivo! Ele não podia ter caído no nicho da parede e morrido sufocado, como diz o dr. Ingolf...

— Talvez pudesse — repliquei, com ar agressivo. — Se ele se machucou e perdeu os sentidos, ao cair atrás das pedras, podia ter morrido à míngua de socorros.

— Tem razão — disse Brunhilda, meneando a cabeça. — Mas há dúvidas sobre isso. E, como não foi você quem esteve com ele na sexta-feira...

— Não — apressou-se a dizer Odine. — Helyud não saiu de casa na noite de sexta-feira. Esteve o tempo todo comigo, deitado na rede. Ele não saiu de perto de mim um só instante.

— Ótimo — disse a *batab*, sorrindo outra vez. — Se você diz isso, querida Odine, é porque assim foi. Oswald Marson deve estar enganado.

— Ou então — disse eu, venenosamente. — talvez seja ele o assassino.

Depois, olhei para Odine e vi que ela sorria, mas tinha os olhos marejados de lágrimas. Pobre indiazinha branca! Com a minha chegada a Valhalah, ela também aprendera a chorar!

Capítulo XI

O ASSALTO

Nessa noite, pela primeira vez, Odine me recusou seus carinhos, alegando que devíamos respeitar o seu estado. Fiquei algum tempo deitado na rede, em silêncio, olhando para o teto e pensando no crime que cometera. O rosto risonho de Naddok parecia estar diante de meus olhos, com aquela mancha de sangue na testa... Não sei, mas talvez eu estivesse com remorsos. Não suportei mais a solidão de minha alma e soltei um gemido.

— Que foi, amor? — perguntou Odine, sentando-se na outra rede.

— Odine — murmurei, com voz rouca. — *eu matei Naddok!*

Houve um silêncio no quarto. Não olhei para minha mulher, mas sabia que seus olhos tinham se enchido de lágrimas.

— Como? — perguntou ela, num sopro.

Contei-lhe tudo, com a voz embargada pela emoção. E acabei perguntando se devia me entregar às *batabs*, para ser julgado no Palácio da Justiça.

— Não — disse Odine, assustada. — Nunca houve uma coisa tão terrível, em Valhalah, e as *batabs* do tribunal não saberiam como proceder. Não há leis escritas sobre isso, pois não pode haver leis sobre o que não acontece. Há muitos anos, segundo as crônicas, havia pena de morte na tribo, mas hoje ninguém mais fala nisso. Contudo, diante de uma coisa dessas, as *batabs* poderiam invocar as antigas leis, e os castigos severos do tempo em que um irmão matava o outro. Não quero que você me deixe, amor. Você jurou que não me abandonava nunca!

— Não sei por que matei Naddok — disse eu, confuso. — Agora, que penso friamente no caso, acho que cometi um absurdo. Naddok era um atrevido, mas não merecia morrer daquela maneira horrível.

— Você o matou porque me ama — disse Odine, acariciando-me o rosto. — Eu compreendo, amor. Você não gostava de Naddok, porque pensava que ele quisesse me namorar. Mas você estava enganado. Ele era apenas meu irmão. E não compreendia a sua maneira de ver, não compreendia o seu ciúme, não poderia compreender nunca. Naddok era inocente, amor.

— Eu sei. Fui um louco! E devo pagar pelo que fiz!

— Não, amor. Para que aumentar a grande desgraça? Você sofrerá o castigo dentro de si mesmo, e isso será o bastante. Não quero que você seja condenado, amor. Sossegue. Ninguém poderá acusá-lo de nada. Oswald Marson não tem certeza de que foi você o *halchuinin* que ele viu em companhia de Naddok. Tudo será esquecido com o tempo, amor. Não quero que você sofra! Seu sofrimento dói mais, dentro de mim, do que se fosse o meu. Não quero, amor!

Então, nós nos abraçamos e misturamos nossas lágrimas.

— Você me fez tão feliz — soluçou Odine, beijando-me os olhos. — Mas, agora, você também me ensinou a chorar... E como é ruim, a gente chorar!

A boa menina agiu tal como eu esperava, aconselhando-me a não confessar o crime. Realmente, eu não pensava nem de longe em ser julgado pelas *batabs*, mas queria transferir para os ombros de minha mulher a responsabilidade do silêncio. Ficou decidido, entre nós, que a morte de Naddok seria esquecida e eu nunca me confessaria o autor de um ato tão nefando.[9]

— Todos os nosso males — disse, ainda, Odine. — vêm da sociedade em que vivemos e não da índole do homem. Você não é

---

9. Nota do org.: **Nefando**: abominável, odioso, perverso.

um monstro, amor; apenas carrega com você a fatalidade de sua civilização. O homem nasce nu.

Concordei com ela e senti-me mais aliviado. O remorso, dividido por dois, é um fardo mais leve para carregar...

— Amanhã de manhã — concluiu Odine, beijando-me ardentemente. — iremos à fonte e você beberá a água da felicidade. Tudo será esquecido, amor, e nós voltaremos a sorrir...

Nenhum de nós tinha dito nada, mas sabíamos que nosso filho por nascer era uma das maiores justificativas para o nosso silêncio. Pelo menos, no entender de minha mulher. Eu me calava apenas porque não queria sofrer o castigo. E qualquer cidadão americano, pertencente a uma sociedade mais evoluída, procederia assim.

* * *

Na manhã seguinte, fomos à gruta (o local do crime) e eu tentei beber a água fresca da fonte. Mas tive uma surpresa que me fez acreditar em forças sobrenaturais. A água que manava[10] da rocha estava grossa e amarga! Cuspi para o lado aquele líquido intragável e comecei a tremer de remorsos. Depois do meu crime, eu estava condenado a não poder mais beber a água miraculosa da Fonte da Felicidade!

* * *

Escrevo estas páginas na madrugada do dia 25 de julho (pelo Calendário Juliano dos Valhalas), logo depois da noite em que se deu o assalto. Só agora, na solidão da Sala de História, posso escrever em paz, contando todos os incidentes dessa noite memorável. Inclusive as minhas relações sexuais com Helg Vilgerson, prima de Thorvald e namorada de Oswald Marson. Tudo começou por volta das oito horas da noite.

---

10. Nota do org.: **Manar:** verter, fluir, correr com abundância.

Diante de uma nova recusa de Odine em fazer o amor comigo, saí da *skali* dos Gudlangson e fui até à fundição, para procurar Oswald. As *batabs* nunca mais me incomodaram, por causa da morte de Naddok, e o meu crime permanecia impune. Mas eu tinha medo de que Oswald (a única testemunha que poderia me acusar) ainda me causasse transtornos. Era preciso saber até que ponto ele estava convencido de que era eu o homem alto e louro que se encontrara com Naddok na noite de sua morte. Oswald era ferreiro e dormia sozinho numa pequena *skali* de meia água, ao lado do largo prédio da fundição de metais preciosos.

Encontrei o rapaz em casa e conversei com ele, procurando descobrir seus sentimentos a meu respeito. Para meu alívio, ele sorriu e declarou:

— Não pense mais naquilo, Helyud. Havia realmente alguém com Naddok, naquela noite, mas não era você. Você mesmo afirmou que não se encontrou com ele. De qualquer maneira, o caso está encerrado e ninguém fala mais nisso. Naddok sofreu um acidente e, agora, está fabricando papel nas oficinas do céu. Se ele tivesse muito amor à vida, certamente não teria morrido.

— O caso, então, está encerrado?

— Sim. Já houve outros acidentes em Valhalah, inclusive aqui mesmo na fundição. Bjarhi Asbradson perdeu a vida na caçamba de chumbo derretido! Ninguém pode acusar os homens de atos que pertencem a Deus. Que a paz continue com você, irmão Helyud de Nioc. Aceita uma taça de hidromel?

— Não, obrigado. Odine me espera. Ela não dormirá enquanto eu não voltar para casa. Uma boa noite para você, irmão Oswald.

Mas, nesse momento, apareceu na rua uma jovem e bela valquíria nua, que vinha do lado da praça. Reconheci-a imediatamente. Era aquela garota ruiva, de covinhas nas faces, que me servira hidromel durante a Festa do Sol. Seus seios nus e rosados eram a coisa mais bela que eu já vira.

— Você já conhece Helg? — perguntou Oswald Marson, sorrindo. — Ela, às vezes, vem dormir comigo.

— Bom proveito — disse eu, procurando sorrir também. — Sim, já conheço esta linda *batab*. Você tem muita sorte, Oswald.

A mocinha, risonha, segurou nas minhas mãos e beijou-me nas faces. Seus grandes olhos verdes estavam cheios de estrelas e promessas.

— O amor é muito gostoso, estrangeiro — disse ela. — Mas vocês devem amar também, lá em Nioc... Eu e Oswald estamos pensando em nos casar, na próxima Festa da Lua. Contudo, ainda não há nenhum compromisso entre nós. Se você não tivesse se casado com Odine Brondsted, seria o homem que me faria feliz. Gosto de novidades, sabe? Nossos *halchuinins* são todos tão iguais...

Pensei que Oswald fosse se aborrecer com aquela insinuação, mas o rapaz continuou a sorrir francamente.

— Vamos, vamos, Helg — disse ele, com indulgência. — Helyud já pertence ao nosso povo e já tem mulher na rede. Há muitos anos que os *halchuinins* se contentam com uma mulher só. Você não deve provocá-lo, querida.

Eu estava nervoso, ardendo em desejos, mas ainda tinha escrúpulos em demonstrar meus sentimentos. Havia uma semana que Odine me recusava o seu corpo; todavia, eu receava dar um desgosto à minha companheira, que também era a minha confidente. Não, era preciso resistir à tentação! Despedi-me bruscamente e disse que precisava ir para casa.

— Vou acompanhá-lo até à Rua dos Artistas — disse Helg, mordendo o lábio rosado. — Gosto de estar junto de você. E você gosta de estar junto de mim.

XI • O Assalto

Aquilo era surpreendente e delicioso. Olhei para Oswald e vi que ele se submetia de bom grado aos caprichos da bela valquíria. Mas não tivemos tempo para mais nada. De repente, vislumbrei um vulto escuro, nos fundos do quintal da fundição, e dei o alarma:

— Atenção! Quem é aquele homem?

O vulto avançou rapidamente e vimos que era um homem branco e barbudo, vestido com uma calça de brim azul e um blusão cinzento. Sob o chapéu de palha, seus olhos luziam ameaçadoramente. Um homem da minha civilização! E trazia uma espingarda nas mãos!

Ficamos gelados pelo espanto, enquanto o desconhecido nos ameaçava com a arma. Outros dois vultos humanos saltaram também para o quintal, martelando o cimento com suas botas de meio cano. Helg tentou correr, mas o primeiro intruso agarrou-a pelo braço, fazendo-a rodopiar e cair de joelhos.

— Todos quietos! — ordenou ele, falando em português. — Se vocês não se mexerem, nada lhes acontecerá! Não queremos matar ninguém!

Em poucos minutos, os três homens brancos nos envolveram e nos obrigaram a entrar na *skali* de Oswald. Dois deles entraram conosco, apontando-nos seus revólveres, e o terceiro fico de guarda na porta.

Nem Oswald nem Helg sabiam falar português, mas eu conhecia esse idioma.

— Quem são vocês? — perguntei. — Como chegaram até aqui?

O mais alto dos homens encarou-me, surpreso.

— E você, quem é? Estou vendo que não pertence a essa curiosa raça de índios brancos... Você, por acaso, é europeu, amigo?

Disse-lhe quem era e como fora parar em Valhalah. O homem alto e seu cúmplice estavam boquiabertos. Mas nem por isso deixavam de nos apontar os revólveres.

— Ah, ah, ah! — fez o alto. — Agora o reconheço! Pois nós viemos até este inferno justamente por sua causa, amigo. Lemos a notícia de seu desaparecimento na selva e também acreditamos na existência desta tribo de índios brancos. Levamos cinco meses a encontrar a aldeia, mas aqui estamos!

— No entanto — acrescentou o homem mais baixo. — não pense que viemos resgatá-lo, para ganhar a recompensa do Viking Museum. Nada disso. Nosso caso é ouro e pedras preciosas. E já vimos que isso é o que não falta por aqui.

— Vocês são sertanistas brasileiros? — perguntei.

— Pode nos chamar assim — respondeu o homem alto. — Meu nome é Manuel Inácio e sou o chefe da expedição. Este é João Couto... e aquele outro é Severino Cobra. Éramos nove, ao sair de Taracuá, mas ficamos reduzidos a três. As febres e o diabo levaram os outros. Cinco meses perdidos na selva, imagine! Foi um milagre, atravessar a lagoa e encontrar a aldeia, no alto do platô! E foi um milagre, subir o talude,[11] sem sermos vistos pelos índios ferozes que guardam a lagoa. Que raio de lugar é este, *mister*?

— Valhalah — respondi, orgulhoso. — Eu encontrei a cidadela dos vikings! Tenho provas da passagem dos normandos pelas Américas, antes de Colombo! E, agora, poderei regressar à civilização com vocês!

— Você está dizendo besteiras — rosnou o mulato, chamado João Couto. — Não queremos complicações. Você parece mais um selvagem do que um homem civilizado. Já lhe disse que não viemos buscá-lo; viemos buscar o ouro!

— E tudo o mais que houver de valor — acrescentou Manuel Inácio, que era um caboclo alto e forte. — Você vai ficar aqui,

---

11. Nota do org.: **Talude:** rampa, terreno inclinado.

XI • O Assalto

ou seremos obrigados a calar-lhe o bico! Nosso caso é fazer dinheiro, só isso. Não vamos levá-lo coisa nenhuma! Mas, se você tem amor à vida, vai nos ajudar na limpeza... Onde está o tesouro desses índios brancos? Vamos levar tudo o que pudermos!

— Não sei — respondi, trocando um olhar com Oswald Marson. — Só vi aqueles lingotes de ouro, no depósito da fundição. Contentem-se com eles. Mas não acredito que você escapem daqui.

— Por causa dos índios que guardam o lago? — tornou o sertanista mais alto. — Besteira! Eles não usam armas de fogo. Se for preciso, abriremos nosso caminho a bala. Mas você pode evitar uma carnificina, *mister*. Basta que nos indique o lugar do tesouro. Deve haver também diamantes por aqui. Severino encontrou um brilhante lapidado nos fundos desse prédio. Eles jogam fora as pedras preciosas como se fossem grãos de milho.

— Estamos ricos, Manuel — disse o mulato, os olhos cintilantes de cobiça. — Vamos procurar o tesouro desses mocorongos! É uma mina, camarada!

O chefe da trinca me cutucou com o seu revólver e ordenou:

— Venha com a gente, *mister*. Não faça nenhum gesto brusco, se não quiser levar uma bala nos cornos. E trate de nos mostrar onde fica o tesouro!

Só quando fomos para o depósito da fundição e os assaltantes começaram a juntar os lingotes de ouro (com a evidente intenção de amarrá-los uns aos outros) é que Oswald Marson compreendeu tudo. Então, soltou um grito estridente e pulou em cima de um dos bandidos. Os outros dois deram-lhe um empurrão e, quando ele recuou cambaleando, fuzilaram-no friamente. Cinco ou seis tiros secos, que ecoaram na noite quente. Oswald caiu de borco,[12] num lago de sangue, e ficou

---

12. Nota do org.: **De borco:** de cabeça pra baixo.

imóvel. Helg abriu a boca para gritar, mas eu a sacudi pelos ombros e lhe ordenei que ficasse quieta e calada. A garota obedeceu, trêmula, apertando minha mão com desespero.

— Não era preciso matar o rapaz — disse eu, disfarçando o pavor. — Roubem o que quiserem e vão embora em paz. Nenhum dos índios brancos desta aldeia dá grande valor ao ouro ou aos diamantes. Podem levar tudo o que quiserem, porque não é assim que vocês comprarão uma entrada para o paraíso.

— Esse está maluco — riu um dos bandidos. — Ele fala que nem aquele padre de Manaus. Cinco meses de Amazonas bastaram para que ele ficasse de miolo mole.

— Vamos amarrar as barras de ouro — retrucou o homem alto. — Depois, vamos atrás dos diamantes. Nenhum desses índios usa armas de fogo e vai ser fácil dominá-los. Mataremos todo mundo, se for preciso.

Os tiros tinham atraído outros *halchuinins*, espantados com aquelas explosões que não conheciam. Logo, ao ver chegar os primeiros, o assaltante que estava no portão do prédio da fundição disparou alguns tiros de espingarda contra eles, derrubando dois; os outros recuaram, prudentemente, e ficaram observando a cena de longe. Em breve, o prédio da fundição estava cercado por uma multidão de índios brancos, todos desarmados. Foi então que soou um gongo, no Palácio da Aprovação, e o som reverberou no espaço...

— Que diabo é isso? — gritou Severino. — Ninguém se aproxime! O primeiro que entrar leva bala!

Os valhalas não entenderam, mas viram a espingarda apontada para eles e tinham visto que aquele instrumento vomitava fogo e espalhava a morte; por isso, mantiveram-se respeitosamente à distância.

Entretanto, Manuel Inácio e João Couto empurraram-nos, a mim e a Helg, para o interior da fundição. Aí, os bandidos não tardaram a encontrar o depósito dos diamantes: uma cuia cheia de pedras preciosas, que os fundidores utilizavam nos eixos das rodas. Manuel Inácio e seu comparsa encheram os bolsos de brilhantes, soltando grunhidos de prazer. Eu e Helg, de mãos dadas, assistimos a tudo quase sem respirar. Por fim, os dois mateiros voltaram para o pátio e puseram-se a amarrar as barras de ouro.

— Vocês não conseguirão fugir daqui — disse eu, lambendo os lábios secos. — Serão apanhados lá embaixo, pelos guerreiros. Ninguém escapa de Valhalah.

— Conversa fiada — grunhiu Manuel Inácio, irritado. — Temos uma jangada escondida no igapó, encostada ao paredão dos fundos do platô. É só levar este carregamento para lá. E você vai nos ajudar, gringo. Você e sua indiazinha serão os nossos escudos...

Depois de amarrados os lingotes de ouro uns aos outros, dois dos ladrões penduraram-nos num varapau que puseram aos ombros. Severino ficou livre, para manter os *halchuinins* à distância, ameaçando-os com a espingarda. Por fim, Manuel Inácio acenou com o revólver para mim e Helg.

— Vocês dois, passem na frente! E digam aos outros para não se meterem, ou vocês morrem!

Saímos do quintal da fundição, em fila indiana. Eu e Helg íamos na frente, depois iam os carregadores e, por fim, Severino, que cobria a retirada com a sua carabina de repetição. Atravessamos a Praça dos Palácios e seguimos pela Estrada das Flores. Súbito, ouvimos gritos de guerra, agudos e desafinados, e vários *nacons* surgiram no meio da estrada, com seus arcos retesados. Eles tinham sido avisados pelo toque do gongo do Palácio da Aprovação e acorriam, em massa, para enfrentar os assaltantes. À frente do primeiro grupo, com a espada desembainhada, estava Thorvald Vilgerson.

— Cuidado! — gritei, para Helg.

Ato contínuo, puxei-a por um braço e derrubei-a na relva, à margem da estrada, deitando-me em cima dela. Nossos corpos nus, abraçados, ficaram imóveis. Era delicioso aquele contato. Enquanto isso, Manuel Inácio e João Couto largavam o pesado pacote de barras de ouro e empunhavam seus revólveres. Logo, teve início uma intensa fuzilaria. Os três bandidos defendiam-se como feras. Vários *nacons* caíram feridos. As flechas também sibilavam, mas os guerreiros tinham receio de atingir os *halchuinins* que seguiam os inimigos; por isso, erravam a pontaria.

— Venham! — gritou Manuel Inácio. — Vamos levar só os diamantes!

E os três recuaram, de volta à Praça dos Palácios. Tinham compreendido que era impossível passar. E iam tentar a fuga através da cidadela. Os *halchuinins* abriram alas e os assaltantes (um deles com uma flecha enterrada num ombro) correram pelas ruas, disparando as suas armas e derrubando vários trabalhadores. Atrás deles, corriam os *nacons*, soltando gritos de guerra. Era a primeira vez que os guerreiros mestiços penetravam em Valhalah.

Em breve, o tumulto se afastou e eu fiquei a sós, com Helg, sentado na relva, à beira da Estrada das Flores. Lentamente, a jovem valquíria ruiva se desprendeu de meus braços e olhou dentro de meus olhos. Eu nunca tinha visto um olhar tão verde e tão sedento de amor. Não foi preciso dizer nada. Agarrei no seu rostinho sério e beijei-a nos lábios. Seu corpo nu vibrou de encontro ao meu.

— E Odine? — sussurrou ela, com voz rouca, sorvendo o meu hálito ardente.

— Falemos apenas de nós — respondi, esmagando-lhe os seios duros no meu peito ofegante.

XI • O Assalto

Nem mesmo o perigo por que tínhamos passado esfriara o nosso entusiasmo. Passei um braço pela cintura da linda garota e encaminhei-a delicadamente para a Gruta da Felicidade.

Capítulo XII

O TERCEIRO PERDÃO

O último dos assaltantes (o caboclo Manuel Inácio) foi morto pelos *nacons* às dez horas da noite, no quintal da *skali* dos Herjulfsson, na Rua da Paz. Antes dele, seus dois companheiros já tinham sido crivados de flechas (João Couto na Rua do Poço e Severino Cobra[xliv] ao lado do elevador no qual tentava descer para a planície) e seus cadáveres foram levados para a Praça dos Palácios. A morte do chefe da trinca custou a vida a dois *nacons*, mas o fugitivo acabou por esgotar a munição de seus dois revólveres e, então, pôde servir de alvo às flechas dos guerreiros. Caído no quintal, gravemente ferido, ele pôs-se a implorar piedade. Foi então que o *halchnacon* Thorvald Vilgerson cortou-lhe as orelhas e a língua, acabando de matá-lo a socos e pontapés.

Mas a perseguição aos ladrões, através das ruas e das casas da cidadela, causara alguns prejuízos aos *halchuinins*; eles lamentavam, principalmente, a destruição de vários objetos de arte, espatifados pelos *nacons* na sua ânsia de atingir os inimigos. Marcas de tamancos pesados podiam ser vistas por toda a parte, pois a passagem dos guerreiros fora assinalada pela violência e pela brutalidade. Os *nacons* nunca tinham entrado em Valhalah e sentiam um prazer sádico em destruir aquilo que não sabiam construir. Depois daquela cena de selvageria, os *halchuinins* só rezavam a Deus para que seus irmãos mestiços voltassem para a floresta e os deixassem trabalhar em paz.

Eu e Helg só soubemos do resultado da batalha por volta da meia-noite, quando saímos da caverna e regressamos à cidadela. Depois de nossos transporte amorosos, que duraram duas horas, estávamos cansados, mas eufóricos, e combinamos novo encontro para a noite seguinte, no mesmo local. Nenhum *halchuinin* visitava a gruta àquela hora e o leito de areia (onde eu fora feliz com Odine, pela primeira vez) prestava-se maravilhosamente a que eu fosse feliz com Helg, dali em diante. Já havia um acordo tácito entre nós; eu apenas pedi à bela valquíria ruiva que guardasse segredo sobre nossas relações, pois não queria magoar minha mulher.

— Não compreendo — disse Helg, sorrindo. — Se você, realmente, ama Odine Brondsted, como é então que pode ser tão ardente comigo?

Era uma coisa que eu não podia explicar nem a mim mesmo. Evidentemente, o adultério também fazia parte da minha civilização, onde os homens tinham orgulho em infringir as leis da Natureza para se mostrarem seres superiores. No fundo, eu sentia que havia mais volúpia e revolta, nas minhas relações com Helg, do que amor e satisfação. Mas não poderia mais passar sem esse vício.

Fui deixar minha amante na casa dos Vilgerson (onde ela morava com os idosos pais de Thorvald) e corri para a Praça dos Palácios. Uma verdadeira multidão já ali estava reunida, ao redor dos cadáveres mutilados dos três sertanistas que tinham invadido o platô. Brunhilda e outras *batabs* ouviam, pela boca dos *halchnacons*, a descrição da caçada humana através das ruas de Valhalah.

— Não sabemos como foi que esses três estrangeiros conseguiram atravessar o igapó — dizia Thorvald. — Nossos guerreiros estão sempre vigilantes e nunca deixam de cumprir o seu dever. Mas, realmente, a lagoa é muito grande e não temos homens suficientes para guardar todas as suas margens. Os assaltantes devem ter atravessado as águas numa jangada e subido o talude pelo sul. É evidente que não usaram a Escada do Sol, pois temos várias sentinelas ali. Ninguém viu nada. Foi como se houvesse um traidor na cidadela, que tivesse ajudado os seus cúmplices a entrar em Valhalah.

Senti que todos os olhares se voltavam para mim. Mas Brunhilda aliviou a tensão.

— Que vem a ser um traidor? — perguntou.

— Um traidor — explicou o orgulhoso *halchnacon*. — é um inimigo que se mistura com o povo, para enganá-lo e reduzi-lo à escravidão. Algo assim como na história do cavalo de Troia, contada na Escola pelo professor Sovralsson.

— Não há traidores entre nós — disse Brunhilda severamente. — Somos todos irmãos. Não pode haver traições entre irmãos.

— Até hoje, pelo menos, nunca tinha havido.

— Esses homens brancos e perversos — continuou a valquíria loura. — subiram o platô porque souberam agir sem serem vistos. Os *nacons* não cumpriram fielmente as suas obrigações, em defesa dos trabalhadores. Mas o caso está encerrado, com a morte dos agressores. O Grande Conselho não se reunirá para julgar a omissão dos guerreiros. Nenhum homem é perfeito, nem mesmo um *nacon*, apesar de seu senso de disciplina e seu desejo de acertar.

Todas as outras mulheres aprovaram as palavras de Brunhilda. Thorvald fez uma careta.

— Está bem, *batabs*. Nós nos submetemos à vontade da Administração. Não haverá inquérito sobre a omissão dos *nacons*, nem sobre a possível existência de um traidor entre os *halchuinins*. O caso está encerrado.

Mas eu percebi que o cruel guerreiro branco sentia-se frustrado, pois seu desejo era acusar-me de ter traído os valhalas. Felizmente, eu estava inocente e não podia haver nenhuma dúvida sobre a minha lealdade. Várias testemunhas tinham visto que os assaltantes não eram meus amigos e até haviam me ameaçado de morte.

— Os corpos dos estrangeiros serão queimados na floresta — disse Brunhilda. — Quanto aos nossos mortos, trabalhadores e guerreiros, serão cremados na Pirâmide do Adeus, amanhã, ao nascer do sol. Faremos uma festa, na praça, em honra dos heróis. E suas cinzas servirão como fertilizantes para a lavoura.

— Os feridos já estão sendo tratados no hospital — lembrou outra *batab*. — Quantos homens perdemos, Thorvald?

— Sete *nacons* e nove *halchuinins* — informou o *halchnacon*.

— Eles alcançarão o paraíso de Odin e beberão hidromel no Valhala. Os diamantes roubados pelos estrangeiros foram recuperados e devolvidos ao depósito da fundição. As pegadas dos estrangeiros, que alguns *nacons* acabaram de encontrar a sudoeste do platô, serão desfeitas, desde a lagoa até o âmago da floresta. As armas de fogo também serão queimadas, porque nenhum *nacon* sabe lidar com elas. É melhor destruir aquilo que não compreendemos.

Pouco depois, as *batabs* ofereceram taças de hidromel aos guerreiros, brindando à vitória, e os comandados de Thorvald se retiraram da praça, murmurando elogios à organização da cidadela, cujo conforto tinha lhes causado grande admiração e um pouco de inveja. Eles não podiam entender a diferença entre *nacons* e *halchuinins* e achavam que já era tempo de construir *skalis* de pedra e cal na floresta, em vez das cabanas rústicas onde dormiam. Debalde as *batabs* lhes explicaram que os guerreiros não podiam se fixar em cidadelas permanentes, pois suas funções da tribo os obrigavam a mudar constantemente de base, para uma perfeita vigilância ao redor do platô.

— Se os *nacons* vivessem em *skalis* de pedra e cal — concluiu Brunhilda. — os nossos inimigos certamente subiriam a Valhalah, evitando as cidadelas dos guardas. Eis porque os guerreiros dormem em cabanas e os trabalhadores em *skalis* de pedra e cal. Mas tanto uns como outros são úteis à coletividade e gozam dos mesmos direitos. Também há boa comida e hidromel nas tendas dos *nacons*. E os *nacons* ainda têm a vantagem de não trabalhar, nem produzir coisas úteis.

Apesar disso, os índios mestiços, sob as ordens de Thorvald e dos outros chefes, voltaram para a floresta a contragosto; nunca tinham visto Valhalah por dentro e sua vontade era permanecerem no alto do platô. Os cadáveres de Manuel Inácio, João Couto e Severino Cobra[xlv] foram levados, de rastros, para a floresta, onde seriam queimados.

Na manhã seguinte, também teve lugar a cerimônia da cremação dos corpos dos *halchuinins* e *nacons*, vitimados pelos tiros dos assaltantes. A pira funerária ardeu o dia inteiro, destruindo os corpos e seus instrumentos de guerra e de trabalho, e, à noitinha, as cinzas foram levadas para a roça, onde se transformaram novamente em células vegetais e animais, dando prosseguimento ao ciclo da vida.

* * *

Só depois de ter escrito as páginas anteriores, na solidão da Sala de História, é que voltei para a *skali* dos Gudlangson, e relatei a Odine todos esses insólitos acontecimentos. Minha mulher estava muito preocupada com a minha ausência, embora um vizinho lhe tivesse assegurado que eu estava bem e não tardaria a voltar para casa. Já era madrugada quando voltei. Odine me recebeu com requintes de ternura, dizendo que eu fora um herói e ela se sentia muito orgulhosa de seu maridinho. E perguntou onde é que eu me metera, depois de ter servido de refém para os bandidos, pois nenhum valhala tinha me visto na praça.

— Ajudei a perseguir os assaltantes — menti. — Ninguém podia ter me visto naquela confusão. Agora, tudo passou, meu bem, e podemos dormir em paz.

XII • O Terceiro Perdão

Ela olhou profundamente para mim e perguntou:
— Você... quer dormir na minha rede, amor?
— Não — respondi, bocejando. — Continuarei respeitando o seu estado... Não quero que você se sacrifique por minha causa. E estou morrendo de cansaço.

Uma semana se passou, depois do assalto. Durante todos esses dias encontrei-me sempre com Helg, na Gruta da Felicidade, até que ela sugeriu que fizéssemos o nosso ninho numa pequena *skali* abandonada, na Estrada das Flores. Decorei a casa com objetos de bom gosto e Helg passou a viver ali.

Mas, em vez de diários, nossos encontros passaram a ser semanais (aos sábados), pois Odine demonstrara certa desconfiança sobre os meus serões do Museu de História. Eu não queria magoar a mulher que esperava um filho meu. Por outro lado, as constantes visitas à gruta úmida e fria tinham me resfriado e eu adquirira uma gripe incubada, à qual não dei importância, mas cuja coriza me incomodava bastante.

Agora, já se passou um mês, depois do assalto, mas a vida em Valhalah não retomou seu ritmo normal. A peste desceu sobre o platô. A peste e a morte. Estou escrevendo estas páginas na Sala de História, diante do retrato a óleo de Odine, que uma artista da nossa rua me ofereceu hoje. Minha mulher não existe mais.

Foi tudo tão estúpido e inesperado! Anteontem, quando voltei para casa depois de dar aulas na Escola Superior, encontrei Odine caída na rede, queixando-se de dores e vômitos. Pensei que ela tivesse comido alguma coisa que lhe fizesse mal ao fígado, mas não era isso. Quando lhe apalpei a testa, senti que ela estava ardendo em febre. E notei algumas manchas estranhas em seu rosto descorado, manchas que estavam se transformando em bolhas cheias de água.

— Não se impressione, amor — disse ela, com voz fraca e rouca. — Isto não é nada. A sra. Gudlangson já chamou o dr.

Ingolf e ele vai me curar com a sua ciência. Só tenho medo de passar alguma doença para o nosso filhinho que está para nascer. Deus queira que isso não aconteça.

— Por que você não me disse nada? — perguntei, severamente.

— Eu disse, amor. Mas você estava muito atarefado, com seu trabalho, e não prestou atenção. Desde anteontem que eu não me sinto bem. Primeiro, espirrei muito, e, agora, sinto-me tão fraca! Mas, se Deus quiser, não é nada. Uma simples indisposição. Por caridade, amor, não se preocupe! Não quero ver você preocupado por minha causa. Já bastam as suas responsabilidades, que o obrigam a passar as noites de sábado fora de casa. Infelizmente, não pude mais ocultar de você o meu estado...

Pouco depois, chegou o médico e fez um exame completo na paciente, relacionando o seu mal com a fase da lua. Ele não conhecia aquele tipo de enfermidade, completamente nova entre os valhalas, e disse que Odine precisava ficar de quarentena, tomando os xaropes de ervas medicinais que ia lhe receitar. Todas as prescrições do dr. Ingolf foram seguidas à risca, mas, no dia seguinte, minha mulher estava pior. As manchas do rosto tinham se transformado em bolhas cheias de água. A febre também aumentara e ela, às vezes, delirava.

Brunhilda apareceu nessa tarde, com outras *batabs* da Administração, para saber do estado da enferma. Todos os recursos médicos tinham sido postos à nossa disposição, mas o mal continuava sem diagnóstico. Ainda por cima, outros dois valhalas da vizinhança tinham adoecido também, apresentando sintomas semelhantes, e os médicos começavam a ficar alarmados. Seria uma epidemia? E quem trouxera aquela doença desconhecida para Valhalah?

Enquanto Odine gemia, vermelha e suada, com o rosto coberto de pústulas, Brunhilda conversou comigo, procurando me distrair.

XII • O Terceiro Perdão

— Odine só morreria se não tivesse amor à vida — disse a valquíria loura. — Tranquilize-se, Helyud. Ela o ama e não o deixará. Odine confia no seu amor e, por você, vencerá a doença misteriosa. Não se lamente, meu irmão.

Mas eu não estava me lamentando; estava pensando em que aquele dia era sábado e Helg esperava por mim no nosso ninho de amor, na Estrada das Flores. Como é que eu poderia ir ao seu encontro, com Odine doente daquele jeito? Eu maldizia intimamente a ignorância dos médicos de Valhalah, que se mostravam incapazes de curar os achaques de minha mulher.

No sábado anterior, eu tinha discutido com Helg, na nossa *skali* isolada, porque achava que a garota já não era a mesma de antes. Acusara-a, mesmo, de estar desinteressada de nossas relações, antes tão ardentes.

— É quase isso — respondera ela, sorrindo. — Não estou cansada de você, Helyud, mas cheguei à conclusão de que você é um homem igual aos outros. Já não há novidades em você.

— Mas eu a amo, Helg, e exijo...

— Exige o quê? Ninguém exige nada, em Valhalah. Eu só poderei continuar a ser sua, se você também for meu. Nossos direitos são iguais. E você continua a ser da sua estúpida Odine Brondsted!

Foi então que eu lhe dei uma bofetada e submeti-a pela violência.[xlvi] Depois me arrependi do meu mau gênio, mas era tarde. Quando nos despedimos, Helg me disse friamente que eu não devia aparecer mais. Estava arrependida de sua loucura e não queria mais nada comigo. Fiquei desesperado, mas saí batendo a porta e jurando que não tinha o menor interesse em rebaixar-me, implorando-lhe fosse o que fosse. Ela podia ir para o diabo.

Mas, naquele sábado, enquanto conversava com Brunhilda diante da rede de Odine, estava pensando em voltar à *skali* da

Estrada das Flores, para gozar os encantos de minha amante. Nem que tivesse de submetê-la aos bofetões!

— Os *nacons* conheceram de perto as *skalis* dos trabalhadores — estava dizendo Brunhilda com ar estúpido. — e sentiram inveja do conforto da cidadela. Isso não é bom. Por todos os motivos, foi um desastre aquele assalto dos estrangeiros sedentos de ouro. Agora, os *nacons* entraram em Valhalah e estão com inveja de seus irmãos *halchuinins*. Não imagino o que poderá acontecer, se Thorvald também sentir inveja do modo de vida dos trabalhadores e quiser mais regalias para os seus guerreiros. Isso seria uma infração à lei e ao bom senso, pois os *nacons* não trabalham na produção de riquezas e não devem gozar os benefícios daquilo que não ajudam a criar. Os *nacons* são devotados à guerra e à segurança do platô. Se eles trabalhassem em coisas úteis, não seriam *nacons*.

Nada daquilo me interessava, pois eu pensava apenas em Helg e seu corpo branco e macio... Para aumentar a minha angústia, uma jovem valquíria me chamou à parte e me sussurrou no ouvido:

— Helg mandou dizer que está à sua espera, na *skali* que você conhece. Ela quer fazer as pazes com você.

Fiquei sobre brasas, à espera de uma oportunidade para ir ao encontro de minha amante. Afinal, o dr. Ingolf apareceu, para uma nova visita, em companhia do sacerdote cristão, Frei Olafsson. Pedi licença e saí do quarto, correndo à Estrada das Flores. Esperava demorar apenas cinco minutos.

Contudo, Helg me reteve por meia hora, prolongando os seus carinhos e retardando o ato da posse. E, de repente, compreendi que não poderia fazer o amor com ela. Meu espírito estava preso a Odine e à sua maldita doença.

— Desculpe, Helg — murmurei. — Hoje não estou bem disposto...

Despedi-me apressadamente da jovem valquíria ruiva e corri, de volta, para a Rua dos Artistas. O dr. Ingolf já tinha ido embora, para visitar outros doentes, e Frei Olafsson estava sozinho com Odine. Todas as *batabs* também se tinham retirado.

— Seja forte — disse-me o sacerdote cristão. — Sua mulher já recebeu os últimos sacramentos. Nada mais pode ser feito.

Como num sonho, aproximei-me da rede. Odine tinha parado de gemer, mas pusera um lenço em cima do rosto, para esconder as chagas das faces. Apenas vi os seus tristes olhos castanhos, que me fitavam com ternura.

— Amor — disse ela, com voz fraca. — foi bom você não ter ficado, esta noite, longe de mim. Eu não queria morrer sem vê-lo pela última vez. Desculpe-me, amor, todos os erros que cometi e que desgostaram você... Sou uma *halchuinin* muito ignorante e, por isso, mereço a sua indulgência.

— Você não cometeu nenhum erro, querida — respondi, preocupado.

— Devo ter cometido, sim, porque senão você não teria se desgostado de mim. Mas, se eu o ofendi, foi sem querer. Meu maior crime foi ser piegas e irritante, porque o amo acima do que seria normal. Eu o amo tanto, amor, que até suas mentiras foram doces de ouvir. Você mentiu porque também me ama e não queria me magoar. Isso me deixou sempre muito feliz.

— Eu não lhe menti — assegurei, alarmado. — Um valhala não mente.

— Você não é valhala, amor. Há um mês que eu sei de tudo. Sei que você procura, com Helg Vilgerson, o prazer que eu lhe neguei. E fiquei feliz porque você ficou satisfeito com a troca.

Senti um arrepio desagradável. Então, ela sabia! E nunca me dissera nada!

— Perdão, Odine — murmurei, segurando na sua mãozinha branca. — Sim, eu pequei. Mas prometo-lhe que nunca mais...

— Não prometa o que não poderá cumprir, amor. Depois que eu morrer, quero que você se case com Helg e seja feliz com ela. Ela lhe dará um filho, certamente, e ele será louro e de olhos azuis. Pedirei a Deus, pessoalmente, para que Ele faça com que Helg o ame também um pouquinho. Está tudo bem, amor.

— Perdão! — repeti, beijando-lhe a mão. — Diga que me perdoa, Odine! Diga que me perdoa.

— Não é preciso dizer, amor. Afinal, você é tão ignorante quanto eu... Se eu me calei, foi porque o perdoei. — sua voz tornou-se tão baixa que eu tive dificuldade em ouvi-la. — Amar... é perdoar... pela terceira vez...

Foram estas suas últimas palavras. Minutos depois, estava morta. E, com ela, morreu o meu filho.

Capítulo XIII

A REVOLUÇÃO DOS *NACONS*

Nada mais me prende a Valhalah. Com a morte de Odine, deixei de ter o único motivo válido para continuar a viver neste platô. Sou um estrangeiro e os *nacons* me detestam. Mas, depois da revolução, as possibilidades de fuga tornaram-se ainda mais remotas, pois todos os caminhos estão vigiados pelos novos donos do Poder.

Sim, depois da epidemia de varíola houve uma revolução no paraíso. Ao escrever estas páginas, estou confinado numa cabana da floresta, ao lado da plantação de arroz. Passaram-se dois meses, depois da morte de Odine, e as coisas estão muito mudadas. Tal como Brunhilda previa, Thorvald Vilgerson também acabou tendo inveja do modo de vida dos *halchuinins* e assumiu o Governo de Valhalah. É uma longa história, que procurarei resumir em poucas palavras.

O corpo de Odine foi cremado, no dia seguinte à sua morte, juntamente com o de dois outros valhalas que também morreram, vítimas da doença desconhecida. Rezei pela paz da alma de minha mulher, ajoelhado diante da Pirâmide do Adeus, e bem ali jurei a mim mesmo que faria tudo para fugir de Valhalah e voltar para a minha civilização. Mas voltar levando provas materiais da existência daquela comunidade viking no interior da Amazônia.

Depois da morte de Odine não voltei mais à *skali* de Helg, na Estrada das Flores. Eu me sentia culpado de alguma coisa, como se tivesse concorrido para o trágico desenlace, e cheio de remorsos por haver traído a confiança de minha mulher.

Talvez Odine ainda estivesse viva, se desejasse viver; como disse Brunhilda, só morrem aqueles que acabaram perdendo o amor à vida. E Odine, magoada com o meu procedimento, tinha motivos para me abandonar... Sim, de certo modo, eu fora o culpado de sua morte. Helg também devia ter chegado a essa conclusão, pois não me procurou mais, nem me mandou chamar, quando caiu de cama, vítima da moléstia insidiosa que grassava entre os valhalas. Uma semana depois de ficar doente, Helg também morreu, na *skali* da Estrada das Flores. Sim, Helg também morreu.

Foi horrível a mortadade, entre os *halchuinins*, devido à epidemia. Durante dois meses, a doença grassou em Valhalah e quase todos os habitantes do platô caíram doentes. A epidemia se alastrou até os *nacons* da floresta, alguns dos quais também morreram. O dr. Ingolf Herjulfsson e sua equipe médica acabaram descobrindo um remédio eficaz contra o mal, mas já era tarde para evitar a mortadade. Quando os doentes começaram a melhorar de saúde, graças ao remédio, a população de Valhalah estava reduzida a 500 almas, apenas. Todas as crianças tinham morrido, todas. Cerca de cem *nacons* também sucumbiram ao estranho mal. Nessa altura, eu também já sabia qual o tipo de vírus que causava a infecção, embora não tivesse antibióticos para combatê-lo. Não havia dúvidas de que era a varíola, complicada com uma invasão de estafilococos. Os valhalas nunca tinha tido essa doença, tão comum em outras civilizações, e seus organismos não possuíam anticorpos que os livrassem do mal. A gripe e a varíola sempre foram um flagelo, entre os índios. Minha sorte era que eu estava imunizado contra a varíola, pela vacina que tomara antes de me aventurar nas selvas do Amazonas, e não sofri quase nada.

Depois de dois meses, quando o tratamento pela droga dos médicos começou a surtir efeito e os primeiros sobreviventes da epidemia começaram a se levantar (trazendo nos rostos as marcas das bexigas), o dr. Ingolf também morreu. Brunhilda e algumas *batabs* se recuperaram do mal, mas vinte delas estavam mortas. Todos os corpos foram cremados, na Pirâmide do Adeus, que passou a funcionar dia e noite, durante dois meses e meio. A epidemia de varíola foi um verdadeiro castigo do céu.

E por quê? Era isso o que eu perguntava a mim mesmo. Como é que a doença penetrara em Valhalah? Eu adquirira a gripe, na gruta, mas esse era um mal menos grave. E eu sabia que não levava comigo o vírus da varíola. Então, quem seria o responsável pela epidemia? A resposta só podia ser uma: o responsável era um dos três sertanistas brasileiros que tinham assaltado Valhalah. Ele trouxera o vírus no sangue e o espalhara pelo platô. Não podia haver a menor dúvida sobre isso.

Mas não foi esta a conclusão a que chegou o Grande Conselho das *Batabs*, que se reuniu logo após a morte do dr. Ingolf. A primeira reunião, solicitada pelo *halchnacon* Thorvald Vilgerson, foi secreta e nenhum *halchuinin* soube do seu resultado — mas, dois dias depois, eu fui chamado ao Palácio da Justiça. Apresentei-me, tranquilo, sem imaginar o motivo daquilo. As *batabs* do tribunal estavam reunidas, sob a presidência de uma viúva alta e magra, chamada Tkjodhilda. Brunhilda e Thorvald também ali se encontravam, em duas bancadas opostas, representando a defesa e a acusação. Só aí compreendi que eu era o réu — e ia ser julgado, como responsável pela epidemia de varíola que aniquilara três quartas partes da população de Valhalah!

A denúncia partira de Thorvald, é claro. Durante os debates, ele fez um belo discurso.

— *Batabs* da justiça — disse ele. — Os *nacons* sempre foram contrários à permanência do estrangeiro em Valhalah, embora reconhecessem a sua ascendência[xlvii] semelhante à nossa. Ele poderia ser um valhala, se não estivesse envenenado por outra civilização que se revelou enferma. Agora é o momento de dizer claramente. Helyud Sovralsson trouxe apenas a desgraça para a nossa tribo! Antes do acusado aparecer, vivíamos felizes e com saúde, de acordo com as leis de nossos ancestrais; depois que ele aqui chegou, o martelo de Thor caiu sobre nós como um castigo que não merecíamos. É o estrangeiro, aqui presente, o causador da terrível epidemia que matou mais de metade de nossos irmãos e reduziu o número de trabalhadores úteis à coletividade. Só o estrangeiro, que carrega com ele o germe da morte, pode ser responsabilizado pela desgraça. Quase dois mil valhalas morreram, nestes últimos meses, e a morte de Helyud Sovralsson é pouco para pagar por seus crimes! Mas nós, *nacons*, ficaremos satisfeitos com a decapitação do estrangeiro!

Depois, foi a vez de Brunhilda falar:

— Irmãs *batabs* da justiça. Na qualidade de *batab* da Administração, acompanhei de perto os acontecimentos e posso assegurar que Helyud Sovralsson não teve a menor interferência na epidemia que vitimou nosso povo. Ele próprio não ficou doente, o que prova que não podia transmitir o mal. Mas nós, as *batabs* da Administração, sabemos quem foi que trouxe para Valhalah a doença da morte. Ao mesmo tempo que inocento Helyud Sovralsson, eu acuso os três assaltantes brancos que subiram ao platô, os três sertanistas brasileiros, de terem trazido com eles o germe do mal. Foram os três estrangeiros, e não Helyud, os culpados por tudo. Helyud deve ser absolvido.

Enquanto o Tribunal se reunia para dar o veredito, pude voltar às minhas funções de professor de História. Mas os meus alunos, agora, eram apenas cinco rapazes e três moças, todos com o rosto marcado pelas bexigas. E eu percebi que eles já não me respeitavam como antigamente. No fim do terceiro dia de aula, Brunhilda apareceu na Sala de História, onde eu estava catalogando os objetos que planejava carregar comigo em minha fuga.

XIII • A Revolução dos *Nacons*

— Helyud — disse-me a valquíria loura. — você precisa se esconder. As *batabs* do tribunal acreditam na sua inocência, mas os *nacons* estão fazendo muita pressão sobre elas. Por isso, ainda não chegaram a um acordo sobre o veredito. E Thorvald acaba de solicitar ao tribunal uma ordem para prender você e levá-lo para a floresta. Isso seria a sua morte.

— Preciso fugir daqui — respondi, assustado. — Não haverá um meio de escapar pelo igapó?

— Não — disse Brunhilda. — Todo o platô está cercado pelos *nacons*. E eles têm ordens de prender você, ou mesmo crivá-lo de flechas, se você tentar a fuga. O melhor é você se esconder na Gruta da Felicidade. Existe uma caverna estreita, à esquerda de quem entra, onde você poderá ficar oculto, até que eu e minhas irmãs da Administração consigamos obter a sua absolvição. A situação não está boa, porque Thorvald quer se aproveitar deste incidente para atirar os *nacons* contra os *halchuinins*. Ele conseguirá isso, pois os *nacons* aprenderam a invejar os trabalhadores e estão ansiosos por invadir Valhalah e aqui se instalarem para sempre. Se isso acontecer, será um tremendo golpe para a liberdade dos *halchuinins*.

Atendendo aos conselhos de Brunhilda, reuni alguns livros e fui me esconder na Gruta da Felicidade. Aqui permaneço há cinco dias, alimentado por uma *batab* que me traz também notícias da situação.

* * *

No oitavo[xlviii] dia, a valquíria apareceu muito nervosa.

— Irmão Helyud — disse ela. — não poderei mais vir aqui trazer comida e água para você, pois os *nacons* me vigiam e desconfiam de mim. Houve uma revolução em Valhalah e tudo está diferente. Nós deixamos de ser *batabs* para sermos escravas dos *nacons*!

– Que está dizendo? – gemi, angustiado. – Os guerreiros da floresta invadiram Valhalah?

– Exatamente. Thorvald Vilgerson foi o cabeça do golpe. Sob o pretexto de procurar você, ele e seus *nacons* subiram o platô e invadiram a cidadela, prendendo vários *halchuinins* e submetendo os outros pela força. Foi uma noite de horror, a noite de ontem! Os *nacons*, bêbedos de hidromel, destruíram duas *skali* e quase todas as obras de arte que encontraram pela frente. As mulheres *halchuinins* também foram submetidas a vexames e só não sofreram mais porque as mulheres *nacons* interferiram na fúria de seus maridos. Mas Valhalah caiu em poder dos guerreiros e, agora, é Thorvald quem mora no Palácio da Aprovação. Brunhilda foi presa e libertada, depois de sofrer espancamentos. Ela e as outras *batabs* foram levadas para a lavoura, onde terão que trabalhar para alimentar os *nacons*. Em cada *skali* da cidadela há, agora, um *nacon* supervisionando o trabalho e a vida familiar dos *halchuinins*. Acabou-se a liberdade e morreu a alegria do povo. Ninguém mais fala nos direitos dos homens. Também não há mais esperanças de que o amor continue a triunfar sobre a guerra. Os próprios *halchuinins*, de agora em diante, terão que marchar como os guerreiros, prestar continência a seus chefes e adorar o deus Tyr, que é um deus pagão. Só o Palácio da Aprovação continua aberto, mas é Thorvald quem reina dentro dele; os outros palácios foram fechados sob o pretexto de que as *batabs* entraram em recesso. Na verdade, as *batabs* foram destituídas de seus cargos públicos e são os *nacons* que mandam em Valhalah.

Essas notícias alarmantes aniquilaram todas as minhas esperanças de escapar dali. Com os *nacons* no poder, a vigilância sobre o platô seria muito maior e nenhum *halchuinin* lograria fugir pelo lago. Ainda por cima, eu estava condenado à morte, pelo cruel Thorvald, e seria caçado como um animal feroz!

XIII • A Revolução dos *Nacons*

Não tive muito tempo para pensar; de repente, ouvi um tilintar de ferros e a entrada da caverna onde eu estava agachado encheu-se de rostos morenos e barbudos, pintados de vermelho e preto. Os *nacons*! A pequena valquíria, que entrara no nicho, foi puxada violentamente para fora e espancada impiedosamente. Um *halchnacon*, com capacete de plumas brancas, que brandia uma espada de prata, ordenou-me secamente que saísse daquele covil. Obedeci, à espera do golpe que me cortasse o pescoço. Mas o chefe dos *nacons* limitou-se a colocar-me entre dois guerreiros seminus.

— O Grande Thorvald quer o estrangeiro vivo — explicou ele, enojado. — Somos *nacons* e, portanto, disciplinados. O estrangeiro será levado, com vida, ao palácio do Grande Thorvald. A caminho!

Dez minutos depois, eu dava entrada na Sala de Audiências do Palácio da Aprovação, onde o novo governante de Valhalah me esperava. Thorvald estava sentado num trono de ouro, cravejado de pedras preciosas, e vestia uma túnica de seda azul, bordada com fios de prata. Aos pés dele, sentados nos degraus de veludo do trono, viam-se alguns *halchnacons* e meia dúzia de *batabs*, entre as quais reconheci Brunhilda. A loura valquíria, antes robusta e sorridente, estava transformada numa sombra de si mesma; os recentes maus tratos tinham-na emagrecido ainda mais e dado ao seu rosto bexiguento uma expressão de débil mental. Quanto aos *halchnacons*, estavam todos bêbedos.

— Afinal! — exclamou Thorvald, quando eu fui atirado para o meio da sala. — Onde o encontraram?

— Escondido num nicho da Gruta da Felicidade — respondeu o *halchnacon* que me havia aprisionado. — O estrangeiro estava sendo alimentado por uma antiga *batab* da Administração. Nós a seguimos e ela nos levou ao esconderijo.

— Ótimo — volveu Thorvald, dando uma risada bestial. — Cortem a cabeça da *batab* e pendurem seu corpo na praça, para que sirva de exemplo aos traidores.

Houve um silêncio na sala, enquanto os *nacons* se retiravam. Eu tinha caído de joelhos no tapete e ali permaneci imóvel. Afinal, Thorvald mandou que eu ficasse de pé.

— Estrangeiro dos cabelos louros — disse ele, com voz pastosa. — você foi condenado à morte pelo Tribunal das *Batabs*, que não existe mais. Você trouxe a peste e a morte para Valhalah, além de trazer a inquietação ao seio do povo. Você também foi considerado culpado da morte de sua mulher. Há uma lista imensa de acusações contra você, que nem vale a pena ler. O castigo para crimes dessa natureza é a morte, tal como era antigamente. Os *halchuinins* se tornaram piegas, com o correr dos anos, mas os *nacons* continuaram a ser guerreiros valentes e disciplinados, que não perdoam fraquezas. Você deve ser degolado na praça, dentro da nova lei, mas pode ter a sua pena comutada se jurar lealdade ao seu novo Senhor e pedir publicamente perdão pelos seus crimes, entoando um hino de louvor ao Grande Thorvald e outro ao deus Tyr, que é o deus da guerra! Está disposto a humilhar-se e reconhecer o talento e a supremacia dos *halchnacons* sobre todos os *halchuinins*?

Olhei para Brunhilda e vi que ela chorava. Mas eu não sou um herói. E não senti o menor pejo[13] em proclamar com voz aguda:

— Sim, Grande Thorvald! Estou disposto a tudo, para vos ser agradável!

Tratava-se de salvar a minha pele. O orgulhoso guerreiro, espantado, piscou os olhos negros. Mas logo se recuperou da surpresa e ordenou:

— Rasteje até mim, como um lagarto da floresta, e lamba-me os pés!

Caminhei, de quatro, até o alto do trono e lambi os tamancos do ditador. Os *halchnacons* riam e diziam piadas. Thorvald bebeu um gole de hidromel que uma linda valquíria lhe ofere-

---
13. Nota do org.: **Pejo:** pudor, vergonha.

ceu e deu-me um pontapé na cara, fazendo com que eu descesse os degraus às cambalhotas. Foi outra risada geral.

— Agora levante-se — gritou Thorvald. — Você está perdoado, covarde! O povo todo saberá que até os estrangeiros prestam obediência ao Grande Thorvald. Isso me dará maior glória! A vitória da revolução dos *nacons* foi a melhor coisa que poderia ter acontecido a Valhalah! Os *halchuinins* estavam vivendo em pecado, gozando os prazeres da Natureza, sem prestar culto ao deus Tyr! Agora, um novo período de ordem e prosperidade será imposto à tribo, até que todos os defeitos do regime anterior sejam consertados. Muita liberdade é prejudicial e muito amor enfraquece os filhos de Odin. Agora, cada grupo de trabalhadores será comandado por um *nacon*, que lhe dará ordens no sentido de obter maior rendimento das máquinas. Os *nacons* passarão a morar nas *skalis* de pedra e cal e os *halchuinins* serão removidos para casas de madeira. Será necessário mais trabalho, porque metade da produção deverá ser entregue ao Palácio do Grande Thorvald, em forma de impostos a serem divididos democraticamente por entre todos os *nacons*. Admito que os *nacons* não sejam muito inteligentes, nem entendam muito de indústria e lavoura, mas são fortes, unidos e disciplinados, virtudes estas que superam quaisquer outras. De agora em diante, a obediência ao chefe supremo deve ser a única preocupação dos *halchuinins*. Teremos uma rígida censura na tribo, e só serão aceitas declarações públicas que elogiem o Governo e aplaudam o desenvolvimento agrário, ainda que este não exista. Todos os *halchuinins* terão que frequentar o Templo de Odin e orar pela saúde da tribo e pelo bem-estar do Grande Thorvald. Os desobedientes perderão as orelhas e serão degolados!

O cruel governante fez uma pausa, à espera dos aplausos dos *halchnacons* e das *batabs* escravizadas, e, depois, concluiu:

— Quanto a você, Helyud Sovralsson, por decisão misericordiosa do Grande Thorvald, será incorporado à turma de lavradores, passando a exercer sua atividade na plantação de arroz. A Escola Superior e o Museu foram fechados, porque o povo não precisa de cultura e sim de comida e de trabalho. Não é preciso saber ler para prestar obediência ao Grande Thorvald. As Festas do Sol e da Lua também serão abolidas, criando-se no lugar delas a Festa da Grande Marcha. Os *nacons* marcharão gloriosamente, todos os anos, desde a Fonte da Felicidade até a Praça do Palácio, exibindo as suas armas mais modernas. E, de agora em diante, apenas os *halchnacons*, como legítimos representantes do povo valhala, terão o privilégio de beber na Fonte!

Daí, eu fui levado para os campos de agricultura, a alguns quilômetros do platô, onde tive que aprender a plantar arroz. Passei uma semana chorando às escondidas, com ódio de mim mesmo, com vergonha da minha covardia e com nojo daquela cena humilhante que fora obrigado a representar no Palácio do Grande Thorvald. Nem mesmo a imagem de Odine (que, às vezes, me apareceu em sonhos) conseguiu acalmar a minha revolta.

Ontem, Brunhilda apareceu na cabana que eu divido com outros *halchuinins* amargurados (operários de Valhalah que os *nacons* também confinaram na floresta úmida e quente) e contou-me o que aconteceu no dia em que os *halchnacons*, comandados por Thorvald, foram beber, pela primeira vez, na Fonte da Felicidade.

— Eles não conseguiram beber nada — disse Brunhilda. — Quando entraram na gruta, viram que a água estava grossa e vermelha. Os *nacons* obrigaram os *halchuinins* a dizer que a água se transformou em vinho, mas isso não é verdade. Só Deus sabe por quê, a água da fonte se transformou em sangue.

Capítulo XIV

ÚLTIMAS PALAVRAS

Passou-se um ano, depois dos horríveis acontecimentos que narrei nas páginas anteriores. Agora, estou escrevendo estas últimas palavras na floresta, bem longe do platô onde se ergue a cidadela viking de Valhalah. Durante todo este ano de 1963, os *nacons* dominaram a aldeia dos índios brancos, chefiados pelo cruel Thorvald, e os *halchuinins* sofreram a ditadura dos guerreiros sedentos de Poder e de prazeres sensoriais. A vida, no platô, tornou-se um castigo, um inferno. Eu continuei confinado na floresta, ao lado da plantação de arroz, mas sempre tive notícias da decadência da civilização valhala, pois Brunhilda visitava regularmente as cabanas dos *halchuinins* afastados de suas *skalis*, aconselhando-os a resistir às arbitrariedades dos *nacons*, promovendo protestos e praticando sabotagens. Muitos trabalhadores foram presos, neste período negro da existência de Valhalah, mas Thorvald não podia impedir a marcha da História. Sua péssima administração logo se tornou evidente, apesar da censura imposta ao único jornal da comunidade. Os guerreiros pagãos, embora fossem fiéis e disciplinados, não conheciam nenhum ofício útil e, portanto, não estavam em condições de chefiar os diversos grupos de trabalho. As leis marciais, votadas pelo Grande Thorvald, revelavam-se inadequadas na vida civil, onde devia haver um regime de paz e trabalho coletivo. Nenhum *halchuinin* se conformava em viver como um *nacon*, prestando culto ao deus Tyr e empenhando-se em combates simulados na praça dos Palácios.

Além disso, o povo não tinha liberdade para nada, nem sequer para pensar. Qualquer palavra que um *halchuinin* dissesse ofendia gravemente o Governo do Grande Thorvald. Profundamente ignorantes, orgulhosos e desconfiados, os *nacons* viam em tudo uma ameaça à sua segurança, um desafio à sua inteligência e uma crítica à sua desonestidade. Dezenas de trabalhadores sofriam as perseguições dos *halchnacons* que comandavam as indústrias básicas e o plantio dos vegetais. E os operários se vingavam sempre que podiam.

Devido à má administração dos *halchnacons*, Thorvald não atingiu a sua meta (Primeiro Plano Semestral) de intensificar a produção de armas e alimentos. Realmente, aumentou o fabrico de escudos de ouro e de prata, mas diminuíram as cotas de comida. Seis meses depois da revolução, foi ordenado o primeiro racionamento de sal e hidromel. Mais tarde, o alimento da tribo se reduziu ao milho. Contudo, como a Administração exigia o pagamento dos mesmos impostos de seis meses atrás, os *halchuinins* protestaram. Houve novas prisões e confinamentos na floresta. No platô, apenas os *nacons* tinham direito a comerem melhor, pois Thorvald queria evitar uma revolta entre os mestiços armados. Mas a situação foi ficando cada vez pior. As fábricas e oficinas fecharam e os *halchuinins*, abandonados pela Administração, tornaram-se salteadores. Houve, nessa época, diversos assaltos aos armazéns dos *nacons*, todos repelidos a flechadas e golpes de machados. Muitos *halchuinins* foram feridos, mas um grupo (que se apoderou de algumas armas dos *nacons*) resistiu, na margem ocidental do lago, e passou a ameaçar o Governo.

Depois de um ano de Administração Thorvald, a situação era calamitosa. O consumo sempre fora maior do que a produção, a tal ponto que não havia mais reservas de alimentos de nenhuma espécie. A fome rondava Valhalah, aquela cidadela antes tão próspera e feliz. Já não havia nenhuma indústria em funcionamento (nem sequer a fundição de armas), pois os *halchuinins* mais cordatos tinham que fazer seus próprios roçados de milho, para poderem pagar os impostos e sobreviver. Quem tivesse visto Valhalah um ano antes, ficaria impressionado com o seu aspecto atual. Aquela era uma cidadela morta, embora ainda habitada por índios magros e barrigudos, viciados em comer terra. Metade das *skalis* estava em ruínas, inclusive o prédio da Escola Superior e do Museu. A estátua de pedra do bispo Eric Gnupson, que antes fora instalada na Praça dos Palácios, tinha sido derrubada pelos *nacons* e, em seu lugar, surgira uma caricatura ridícula do deus Odin, abençoando o Grande Thorvald.

Durante esse ano maldito, aproveitando a confusão geral, tentei fugir duas vezes para a mata virgem, mas fui apanhado pelos guerreiros vigilantes. Da primeira vez, condenaram-me aos trabalhos forçados, sem direito a alimentos sólidos, mas a pena foi comutada antes que eu morresse de fome. Voltei para a plantação de arroz, num terreno úmido e insalubre, e aí permaneci mais alguns meses. Quando o arroz acabou, fui transferido para a plantação de milho, num terreno elevado que domina o igapó, de onde tentei escapar novamente. Cheguei a atingir o coração da floresta, mas fui encontrado por uma patrulha de *nacons* e removido para Valhalah. Aí, o Grande Thorvald condenou-me à prisão perpétua. Novamente me arrastaram para a cabana da antiga plantação de arroz, à beira do lago, onde pensei que fosse morrer de fome. Éramos cinco *halchuinins*, condenados ao degredo, e tivemos que lutar muito para sobreviver, comendo apenas raízes de mandioca. Os *nacons* nos vigiavam de perto. Não havia possibilidades de fuga. Diversas vezes implorei para que me deixassem voltar para a cidadela, mas não fui atendido. Minha intenção era roubar alguns objetos vikings do Museu e tentar a fuga através do lago, voltando para a minha civilização.

Finalmente, há um mês atrás, a desorganização administrativa chegou a tal ponto que começou a haver discussões entre os próprios *nacons* e *halchnacons*. A disciplina foi quebrada em alguns grupos de guerreiros e um *halchnacon* chegou a ser assassinado pelos seus subordinados. Os *halchuinins* não foram informados oficialmente desse lamentável acontecimento, mas souberam de tudo. Estimulados pelo princípio de anarquia entre os seus dominadores, os operários redobraram as sabotagens e os comícios. O grupo de trabalhadores livres e armados que se instalara na floresta atacou então uma das cabanas de *nacons* e ali ficou, sem poder ser desalojado pelos guerreiros fiéis a Thorvald. E o cerco dos operários livres se apertou em torno do platô de Valhalah. Os revoltosos exigiam a volta das mulheres ao Poder.

Diante da gravidade da situação, Thorvald chamou Brunhilda ao palácio e exigiu que ela fizesse uma proclamação pública, pedindo aos *halchuinins* revoltados que depusessem as armas e continuassem súditos de Tyr e do Grande Thorvald. Eis a resposta de Brunhilda:

— Os valhalas só respeitam o talento, a cultura ou a aptidão para o trabalho. Não reconhecemos em você, Thorvald Vilgerson, filho de meu tio Nicolaf, as qualidades de um Administrador Geral; portanto, você está ocupando um lugar que não lhe compete. Os chefes impostos pela força das armas nunca promoveram o bem-estar do povo. Se você não renunciar ao Governo desastroso dos *nacons*, devolvendo o poder às *batabs* escolhidas pelo povo, morreremos todos de fome, ou teremos que abandonar este lugar!

Furioso, Thorvald mandou prender Brunhilda e reuniu todos os seus *halchnacons*, exigindo deles uma reação enérgica e sangrenta contra os revolucionários. Mas os chefes guerreiros, cansados daquela batalha entre irmãos, negaram-se a atender às ordens do ditador e pediram-lhe que renunciasse.

Se Thorvald fosse menos orgulhoso, teria aceitado a sugestão de seus companheiros de armas e voltado para a floresta, mas ele supunha que ainda contasse com amigos fiéis entre os *halchnacons*; então, tornou-se histérico, bateu com o punho no braço do trono e gritou que só sairia dali depois de morto. Diante disso, um *halchnacon* enterrou-lhe um punhal no peito. O Grande Thorvald morreu nessa mesma madrugada, declamando um trecho do *Hávamál*,[xlix] a poesia popular dos vikings. Oficialmente, sua morte foi dada como suicídio.

Depois que o corpo do ditador foi exibido na Praça dos Palácios e o *halchnacon* Bjarni (da família dos Asbradson) fez um discurso confessando o fracasso da administração *nacon*, os *halchuinins* puderam regressar às suas *skalis* destruídas e comprovar a decadência em que se encontrava a cidadela que tanto amavam. O *halchnacon* Bjarni deu liberdade a todos os presos políticos e reintegrou os homens do campo na lavoura e os operários nas fábricas. Em seguida, entregou o Governo às *batabs* sobreviventes, inclusive Brunhilda. A volta da tribo à normalidade democrática era o prenúncio de uma nova Era de trabalho e reconstrução. Houve uma grande festa na Praça dos Palácios, em que os *nacons* confraternizaram com os *halchuinins*, e, depois, os guerreiros regressaram às suas tabas, na floresta, deixando Valhalah entregue aos trabalhadores.

Teve início, então, a penosa reconstrução da cidadela. Todas as fábricas foram reabertas e reiniciado o plantio de arroz, mandioca, batata, feijão, cana-de-açúcar e tomates. A esperança de dias melhores voltou ao coração dos índios brancos. E, quando Brunhilda e as *batabs* foram à Gruta da Felicidade, em peregrinação, constataram que a água da fonte voltara a ser fresca, leve e cristalina. Tudo voltou ao que era. E eu voltei à *skali* dos Gudlangson e ao meu ofício de professor. Todos estavam felizes, menos eu. Eu nunca mais poderia ser feliz, naquela cidadela, onde tudo me lembrava Odine. Minha mulher me fazia mais falta agora, depois de morta, do que quando ainda vivia. Para os valhalas, a morte era a glória de quem partia para a

Eternidade, mas, para mim, a morte sempre foi motivo de luto, desgosto e saudade. Além disso, agora eu tinha a certeza de que meu lugar não era ali e sim entre os homens da minha civilização. Foi então que planejei cuidadosamente a minha fuga.

Dessa vez, tinha que dar certo, pois as circunstâncias eram mais favoráveis. Eu regressara ao Museu de História Natural, onde poderia reunir diversas provas da existência dos valhalas na Amazônia, e os *nacons* estava tão ocupados em reformar suas cabanas que se descuidavam um pouco da vigilância do platô. Além disso, eles não queriam ofender os *halchuinins*, recentemente apaziguados, com a exibição de seu poderio bélico. Tudo isso facilitava os meus projetos. E eu acabara de me lembrar de uma coisa que me deixava muito animado: lembrava-me do que dissera Manuel Inácio (um dos sertanistas que tinham assaltado Valhalah) a respeito de um caíque afundado no igapó, encostado ao paredão dos fundos do platô. Aquilo dava a entender que os brasileiros tinham atravessado a lagoa num barquinho (o caíque é uma canoa pequena e leve, que pode ser construída por qualquer mateiro experiente) e, uma vez chegados à base do platô, tinham-no escondido no fundo das águas, submergindo-o premeditadamente, para depois voltar a pô-lo a flutuar. Só me restava descobrir onde se encontrava esse caíque. Eu sabia que, até aquela data, os *nacons* não tinham descoberto nenhum barco estrangeiro na lagoa.

Levei uma semana em minhas pesquisas, pois tinha que agir altas horas da noite (e poucas horas de cada vez) a fim de não chamar a atenção dos valhalas do platô e do igapó. Afinal, logrei localizar o barquinho afundado, a cerca de duzentos metros à direita da escadaria sul do platô. Aparentemente, o caíque ainda estava em bom estado, apesar de ter ficado um ano debaixo d'água. Os sertanistas brasileiros tinham-no enchido de pedras (idênticas às do fundo do pântano) e só uma pessoa avisada seria capaz de vê-lo, a um metro e meio abaixo da superfície das águas grossas, escuras e pestilentas.

Faz mais ou menos um mês que fugi. Era uma noite chuvosa, ótima para o meu empreendimento. Reuni numa sacola todos os objetos já selecionados (placas de jade com inscrições rúnicas, uma faca de cabo lavrado no estilo valhala, o pergaminho com a Saga do Bispo Gnupson e outras provas da ascendência[1] viking dos índios brancos), além de sal, farinha e carne seca. Depois, vesti minha velha roupa de pelica (pertencente ao Museu de História), calcei as botas, meti um facão e um rolo de cordas no cinto, pendurei o cantil (com água da Fonte da Felicidade) no ombro e parti para o talude sul do platô.

Não havia nenhum valhala nas ruas, nem na Estrada das Flores. A chuva e o vento me açoitavam, como se quisessem me impedir de descer a colina, mas eu insisti, lutando contra as forças da Natureza. Evitei a escadaria talhada na rocha (que estava sob a vigilância de dois *nacons*) e desci pela escarpa, graças ao rolo de cordas. Não tardei a encontrar o caíque afundado. Mergulhei na água lodosa e retirei as pedras do bojo do barquinho, acabando por pô-lo a flutuar. Cinco minutos depois, estava remando silenciosamente por entre os detritos espalhados na superfície das águas. Infelizmente, não tinha bússola, mas podia me orientar pela situação do platô. E atravessei o igapó de ponta a ponta, ao largo da colina, na direção que me pareceu o norte.

A alegria da liberdade embebedou-me. Não sentia nenhuma saudade de Valhalah, pois meu regresso vitorioso à minha civilização seria uma felicidade maior do que aquela vida pacífica, sem novidades, sem emoções e sem perigos. Aquela vida sem Odine.

Saltei na margem norte da lagoa, num lugar deserto, e mergulhei na mata virgem. A chuva continuava a cair, mas minha roupa impermeável me protegia. Caminhei a noite toda. Era madrugada quando me deitei numa cama de folhagens, sob a copa de um castanheiro. Não acendi nenhuma fogueira, pois o fogo poderia afastar as feras, mas atrair os *nacons*. Acordei com o sol a pino e prossegui na jornada, por entre a mata densa, cortando os cipós com o facão e tomando cuidado para não deixar rastros. Atravessei um rio, numa balsa improvisada, e continuei a marcha em terreno seco. Agora, estou muito longe do platô e o perigo de ser descoberto diminuiu bastante; os *nacons*, que defendem Valhalah, certamente não vêm até aqui. Mas não sei onde estou. Há muito calor, umidade e mosquitos. À noite, a temperatura cai um pouco, mas minha roupa de pelica é bastante quente. Para que lado ficará o Rio Uaupés e a cidadezinha de Taracuá?

* * *

Três meses de viagem e continuo perdido na floresta virgem. Este inferno não tem saída, parece um labirinto. Contudo, tenho certeza de que não estou andando em círculos, como é costume acontecer aos viajantes perdidos na Amazônia. O solo continua nascendo à minha direita. Espero encontrar outro rio pela frente; se isso acontecer, vou descê-lo numa jangada. Esse rio deve ser o Uaupés.

O sal e a farinha acabaram, mas consegui caçar uma anta, numa armadilha, e assei-a num espeto. Já posso acender fogueiras. Também comi açaí, leite de patuá e seiva de buriti, que é mais doce do que o açúcar de cana. Amanhã de manhã, recomeçarei a jornada de volta. Os mosquitos me acompanham. Mas ainda não encontrei nenhuma onça, nem outro animal feroz.

* * *

Desastre! Depois de mais dois ou três meses de viagem, encontrei um rio, fiz uma jangada, mas não tive sorte. Os toros de madeira se desconjuntaram e perdi minha sacola com toda a bagagem! Só pude salvar a vida e o cantil com a água da Fonte da Felicidade. Agora, não tenho mais provas materiais da existência dos vikings na Amazônia, mas minhas revelações bastarão para me darem a glória. Escrevo este diário pensando no Viking Museum de Nova York.

Vou descer a floresta pela terra firme, pois é mais seguro. Os deuses pagãos de Thorvald, que me seguem nas sombras da floresta, não me apanharão mais desprevenido! Seguirei o curso do rio, pois ele me levará certamente a outro rio maior, que talvez seja o Uaupés, o Tiquié ou o Jacumã. Daí, seguirei até o Rio Negro. Da foz do Rio Negro, partirei diretamente para o Viking Museum.

Jesus Cristo, eu estou aqui![li]

* * *

Febre. Tive que fazer um largo desvio e estou outra vez perdido na selva. Os mosquitos não me deixam dormir em paz. Não há repelentes. Tenho febre, muita febre. Esta noite delirei. Não sei onde estou, pois tudo é igual. As forças estão me faltando. Mas preciso me arrastar pelo mato, em busca do outro rio, o rio certo, o caminho exato. Tem que haver outro rio ali adiante. Esta noite, no meu delírio, Odine apareceu outra vez e disse:

– Você não devia ter fugido, amor. Os homens nunca sabem onde está a verdadeira felicidade.

Pobre Odine! Até mesmo nos meus pesadelos ela continua meiga e compreensiva. Agora, sei que eu também a amava, eu a amava demais. E sei que fui um malvado. Que Deus me perdoe! *Fraelse af evil.* Estou me transformando num legítimo valhala. Sim, estou me transformando! Minhas mãos já não são as mesmas!

* * *

Encontrei um novo rio, que talvez seja o mar. Será o Oceano Atlântico ou o Pacífico? Já deve fazer dois séculos que estou perdido na floresta. A água do cantil acabou há 6 *pagh*, digo, seis dias, mas bebi a água da chuva. A febre vai e volta, mas hoje aumentou. Minhas pernas estão inchadas e já não posso andar; minhas pernas também estão diferentes. Há alguns urubus voando, em círculos, por cima de minha cabeça; eu devo estar cheirando horrivelmente mal! Só me resta uma folha de papel em branco. Estas são as minhas últimas palavras. Vou pôr os papéis dentro do cantil e seguir as instruções de Odine. Ela está à minha espera, no fundo do rio-mar, e já me chamou duas vezes:

– Venha, amor... Não quero que você sofra mais... Venha, amor...

Vou entrar nas águas, de rastros, e beijar os seus cabelos negros, que flutuam na correnteza. Odine me dará a mão e me conduzirá para Valhalah, outra vez. Sou um legítimo valhala! *Aptir wi kan hem*. Quero voltar para Valhalah, que é o paraíso dos *halchuinins*! Não há mais *nacons*, não há mais *nacons*!

Odine está me chamando, no fundo do rio-mar. Obrigado, meu Deus! AVM.[14]

Vou voltar para Valhalah. *En pags rise morr or west fram peno se*. Eu, Helyud Sovralsson, arqueólogo do Viking Museum de Nova York, atesto que os vikings estiveram na América, antes de Colombo.

E daí?[lii]

---

14. Nota do org.: **AVM**: provavelmente, abreviatura para "a vossa mercê".

CONCLUSÃO

Acaba aí a mensagem de Helyud Sovralsson, encontrada pelo caboclo Zé Pedro na margem setentrional do Rio Negro. A avaliar pela data em que o autor fugiu de Valhalah e se perdeu na selva (1964 ou 65), o cantil ficou cerca de seis[liii] anos dentro d'água! Não há, no manuscrito do jovem arqueólogo desaparecido, nenhum mapa ou qualquer outra indicação sobre o platô dos valhalas, perdido nalgum ponto da floresta amazônica, entre os rios Jacumã, Traíra, Japurá e Curicuriari.

Antes mesmo de ser encontrado o cantil com a fantástica narrativa (passada nos anos de 1962 e 1963), pilotos norte-americanos andaram sobrevoando aquela zona, à procura dos quatro aventureiros desaparecidos (o arqueólogo Helyud Sovralsson, o antropólogo Mark Spencer, o geólogo Charles Winnegan e o piloto colombiano Alonzo Sanchez), mas não lograram encontrar vestígios deles. Conhecemos, agora, o destino de seus corpos.

No ano passado, quando foi tornada pública a mensagem de Helyud, as buscas ao desaparecido foram reiniciadas, por terra e pelo ar, com os mesmos resultados negativos. Vários exploradores brasileiros, colombianos e norte-americanos continuam sobrevoando periodicamente aquela área desconhecida, mas ainda não encontraram o platô da paz nem a Fonte da Felicidade. Talvez não sejam encontrados nunca, em nosso tempo, mas apenas no tempo de nossos netos.

Deus permita que assim seja.

POSFÁCIO[15]

Leonardo Nahoum

> Hélio do Soveral (1918-2001) é o segredo mais bem guardado da cultura brasileira. Ele era multimídia muito antes desse termo existir. Romancista, contista, tradutor, roteirista de cinema, televisão, quadrinhos, rádio (seu Teatro de Mistério faz sucesso até hoje), tradutor de Edgar Allan Poe. Nascido em Portugal, escolheu o bairro de Copacabana como lar. Faleceu num acidente estúpido, completamente esquecido pelo país que o adotou. Mas nos deixou uma obra tão vasta que uma parte dela está aflorando aos poucos, para nossa alegria. (MARQUEZI, 2018)

É assim que Dagomir Marquezi começa a apresentar o autor português Hélio do Soveral na orelha do romance *O Segredo de Ahk-Manethon*. Um segredo infelizmente ainda pouco investigado cuja extensa produção pede mais estudiosos e leitores. O que ainda não se sabia é que Soveral, a exemplo de autores como Ganymédes José e seu *O Caso do Rei da Casa Preta* (PACHE DE FARIA, 2017), era também (em parte) um segredo arbitrariamente silenciado; o autor de Setúbal também havia sido vítima da autocensura dos anos 1970 motivada pela atmosfera repressiva da ditadura militar.

A história por detrás de *A Fonte da Felicidade* (tanto sua criação como seu engavetamento) imbrica-se com uma outra faceta pouco conhecida do escritor: a de abre-alas para o talento nacional nos mercados da literatura popular adulta e infantojuvenil. Em nosso mapeamento da Coleção *Mister Olho* (*Livros*

---

15. O texto a seguir contém adaptações de trechos do capítulo "Desvendando os segredos da *Mister Olho* – primeira parte: cronologias, genealogias, conceitos e temas", da tese de doutorado *De olhos abertos... ou será que não? Uma análise crítica da coleção infantojuvenil Mister Olho e de seus autores à luz (ou sombra...) da ditadura militar* (2019), de nossa autoria.

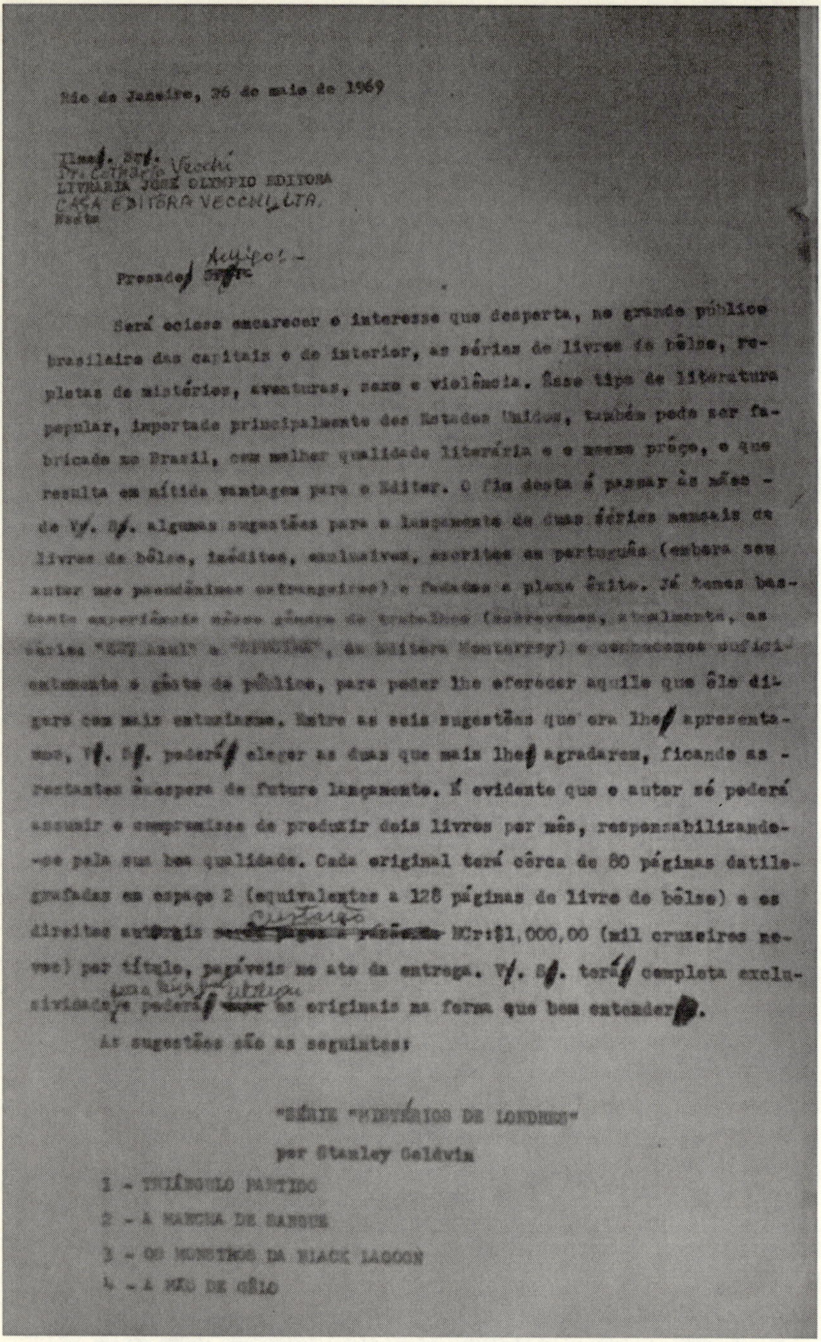

Rio de Janeiro, 26 de maio de 1969

Ilmos. Srs.
Dr. ... Vecchi
LIVRARIA JOSÉ OLYMPIO EDITORA
CASA EDITORA VECCHI LTDA.
Nesta

Prezados Srs. Amigos -

Será ocioso encarecer o interesse que desperta, no grande público brasileiro das capitais e do interior, as séries de livros de bôlso, repletas de mistérios, aventuras, sexo e violência. Êsse tipo de literatura popular, importado principalmente dos Estados Unidos, também pode ser fabricado no Brasil, com melhor qualidade literária e o mesmo prêço, o que resulta em nítida vantagem para o Editor. O fim desta é passar às mãos de V. S. algumas sugestões para o lançamento de duas séries mensais de livros de bôlso, inéditos, exclusivos, escritos em português (embora seu autor use pseudônimos estrangeiros) e fadados a pleno êxito. Já temos bastante experiência nesse gênero de trabalhos (escrevemos, atualmente, as séries "[illegible]" e "[illegible]", da Editora Monterrey) e conhecemos suficientemente o gôsto do público, para poder lhe oferecer aquilo que êle digere com mais entusiasmo. Entre as seis sugestões que ora lhe apresentamos, V. S. poderá eleger as duas que mais lhe agradarem, ficando as restantes à espera de futuro lançamento. É evidente que o autor só poderá assumir o compromisso de produzir dois livros por mês, responsabilizando-se pela sua boa qualidade. Cada original terá cêrca de 80 páginas datilografadas em espaço 2 (equivalentes a 128 páginas de livro de bôlso) e os direitos autorais ~~serão pagos à razão de~~ custarão NCr:$1.000,00 (mil cruzeiros novos) por título, pagáveis no ato da entrega. V. S. terá completa exclusividade e poderá ... os originais na forma que bem entender.

As sugestões são as seguintes:

"SÉRIE "MISTÉRIOS DE LONDRES"
por Stanley Goldwin

1 - TRIÂNGULO PARTIDO
2 - A MARCA DE SANGUE
3 - OS MONSTROS DA BLACK LAGOON
4 - A MÃO DE GÊLO

Figura 1 - Carta de Soveral à José Olympio Editora (e à Editora Vecchi) com oferta de várias séries de livros de bolso *de bolso infantis em plena ditadura militar*, 2020), para a qual Soveral escreveu nada menos que 89 livros (sendo um inédito) para cinco séries diferentes, com uma tiragem total de 856.100 exemplares ao longo dos anos de 1973 a 1979, descobrimos que esta, como *corpus* literário brasileiro, provavelmente deva a sua existência ao autor baseado em Copacabana. Em entrevista de 16 de agosto de 1975 ao *Estado de S. Paulo*, Soveral, ao comentar a carreira de escritor de livros de bolso (ele então já escrevera dezenas para a Monterrey), dá a entender que dera uma de "entrão", conseguindo emplacar o conceito de que pagar a profissionais locais seria mais fácil e barato do que recorrer a traduções.

> Disse para o editor que, em vez de comprar os direitos dos péssimos livros policiais estrangeiros que publicavam lá, e ainda ter que pagar tradutor, era mais econômico para a editora e para o país pagar um escritor nacional mesmo. (...) [E, no caso dos infantojuvenis,] quando soube que [uma outr]a editora ia comprar os direitos de uma autora estrangeira, dei o mesmo golpe dos romances policiais. Para que desperdiçar divisas, minha gente? Brasileiro sabe escrever tão bem ou melhor que os escritores do resto do mundo. Eles ouviram e foi confirmada uma profecia do próprio Lobato: crianças e adolescentes são o melhor e mais fiel mercado literário. (SOVERAL, 1975, p. ?)

Outro documento que corrobora a ideia de Soveral como abridor de caminhos para o escritor nacional junto a editoras mais populares é que, em seu acervo, consta uma carta (Figura 1) endereçada à José Olympio Editora (mas com o nome da Vecchi rabiscado à caneta, como que preparando uma segunda tentativa), na qual ele oferece seus serviços como autor de livros de bolso: na missiva, datada de 26 de maio de 1969, Soveral lista vários planos de séries em todos os gêneros (*western*, policial, terror, erótico, ficção científica, etc.) e faz a defesa tanto do *produto* quanto do *produtor*.

> Prezado amigo, será ocioso encarecer o interesse que desperta, no grande público brasileiro das capitais e do interior, as séries de livros de bolso, repletas de mistérios, aventuras, sexo e violência. Esse tipo de literatura popular, importado principalmente dos Estados Unidos, também pode ser fabricado no Brasil, com melhor qualidade literária e o mesmo preço, o que resulta em nítida vantagem para o Editor. O fim desta é passar às mãos de V. Sa. algumas sugestões para o lançamento de duas séries mensais de livros de bolso, inéditos, exclusivos, escritos em português (embora seu autor use pseudônimos estrangeiros) e fadadas a pleno êxito. Já temos bastante experiência nesse gênero de trabalhos (escrevemos, atualmente, as séries "ZZ7 Azul" e "SPECTRE", da Editora Monterrey) e conhecemos suficientemente o gosto do público, para poder lhe oferecer aquilo que ele digere com mais entusiasmo. (SOVERAL, 1969, p. 1)

Entre esses planos de livros, Soveral citava uma série chamada "Depoimentos humanos", cuja sinopse (com quatro títulos que aparentemente não foram desenvolvidos ou aproveitados — ver Figura 2) se aproxima do que ele desenvolveu na Coleção *Monterrey*:

> Histórias quase verídicas, baseadas em observações cotidianas, que revelam segredos de determinadas profissões e dramas de certas consciências. Cada narrativa será assinada com um pseudônimo diferente e escrita na primeira pessoa, como se seu autor (ou autora) desse um testemunho daquilo que realmente lhe sucedeu. (SOVERAL, 1969, p. 3)

A coleção, lançada com arte de Benício, preço maior que o de costume para a editora e um aviso de ser desaconselhada para menores de 16 anos, surge como uma aposta diferenciada, evidente na encadernação de capa dura e na temática supostamente mais reflexiva que o cardápio usual de leitura ligeira da Monterrey. A ilusão das "histórias quase verídicas", do "testemunho" de algo real, era reforçada pela adoção de pseudônimos (Soveral aparece creditado na capa em páginas internas da seguinte forma: "adaptação de Hélio do Soveral").

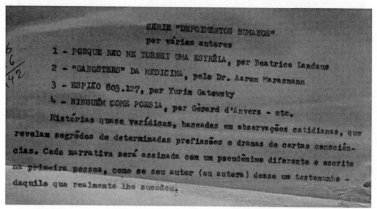

Figura 2 - Sinopse para ideia de série de livros de Hélio do Soveral

O primeiro número, *Juventude amarga* (Figura 3), sai em 1970 ou 1971,[16] com autoria atribuída a Clarence Mason, e narra, como diz o subtítulo, sua "vida entre os 'hippies'", adotando postura crítica ao que diz ser "uma atitude (hipócrita) de inconformismo e de revolta contra os preconceitos e as regras de uma sociedade dedicada a devorar-se a si mesma". (SOVERAL, 197-a, p. 3). Os *hippies*, segundo o autor, não teriam nada de Paz e de Amor porque "se o *hippie* é um revoltado, não pode ser feliz. Não pode haver felicidade no ódio" (SOVERAL, 197-a, p. 3). Mas poderiam, sim, fazer parte da "revolução social que se vem processando (muitas vezes inadvertidamente) em todas as partes do mundo" (SOVERAL, 197-a, p. 6), contanto que não limitassem suas experiências a uma fuga estéril e nada participativa; contanto que aproveitassem, dos "anos de vida livre e primitiva, as experiências materiais e as armas espirituais para criarem uma sociedade melhor, sem as barreiras dos dogmas cediços. Mas toda a Criação é luta, é trabalho, é energia — e eles também precisam participar deste combate" (SOVERAL, 197-a, p. 5-6).

---

16. Soveral, em diferentes manuscritos, registra datas variantes para o lançamento destas novelas, como 1968 (improvável por ser anterior à carta de projetos de livros para a Vecchi/José Olympio) e 1972.

Posfácio

Figura 3 - Capa do livro *Juventude Amarga*

O número seguinte da Coleção *Monterrey, Memórias do Campo 17* (Figura 4), assinado por Alexeya S. Rubenitch, segue o mesmo padrão do anterior: arte de Benício, capa dura, crédito de Soveral para a fictícia adaptação dos originais e um relato em primeira pessoa. Outro datiloscrito de Soveral, mais ou menos da mesma época, apresentava o plano para o livro, incorporado, pelo visto, à ideia maior da coleção de depoimentos humanos: a sinopse (Figura 5) chama a narrativa de "drama político" e a descreve da seguinte forma: "Depoimento de uma prisioneira russa, que envelheceu 20 anos em 2 meses, num campo de concentração da Ilha de Sibiriakova, no tempo de Stálin e Béria" (SOVERAL, 196-, p. 1).

Embora seja uma denúncia contra regimes ditatoriais e estados policialescos, a narrativa de Rubenitch/Soveral parece não ter acendido maiores alertas junto ao editor José Alberto Gueiros, provavelmente porque ali se condenava justamente o regime comunista que era, em tese, o contraponto da ditadura militar. Desencantada com uma prisão injusta que, mais tarde, não se mostrou uma exceção – pelo contrário, "o regime continua cheio de exceções" (SOVERAL, 197-b, p. 3) –, a persona Rubenitch explica que "foi a persistência da coação policial em minha terra que me decidiu a publicar finalmente (fora da

Figura 4 - Capa do livro *Memórias do Campo 17*

União Soviética) o meu 'diário', escrito naqueles longos dias de pesadelo" (SOVERAL, 197-b, p. 4). Por muito que ver além do disfarce de livro-denúncia anticomunista — Rubenitch/Soveral, ao final da introdução, chega a conclamar os leitores brasileiros a juntarem "suas vozes às dos intelectuais soviéticos, pedindo para a CCCP (URSS) o fim de um Estado Policial e um período de liberação que sempre vem sendo prometido, mas que não chega nunca" (SOVERAL, 197-b, p. 6) — possa parecer exagero hermenêutico, isto é, de interpretação, o autor português aproveita para deixar recados genéricos pelo caminho das linhas que parecem querer falar mais à realidade brasileira que à União Soviética da autora inexistente, como no trecho a seguir:

> Os homens mudam, mas o sistema continua. Quando haverá menos medo e mais compreensão entre os dirigentes do povo? Se quisermos caminhar para uma Sociedade Ideal, é preciso que os fracassos do passado sejam para sempre sepultados nas suas ruínas. (SOVERAL, 197-b, p. 4)

O derradeiro trabalho de Soveral publicado na Coleção *Monterrey, Laboratório do amor* (Figura 6), é assinado com o pseudônimo Sigmund Gunther e é o último da série, com o número 4, embora ao final a editora anuncie mais um título que parece não ter sido publicado[17] (não sabemos se do autor português

---

17. *Diplomatas envenenados* seria, como diz a chamada, "uma novela impressionante, envolvendo espionagem, intriga internacional, tráfico de drogas e escravas brancas".

> 5 - MEMÓRIAS DO CAMPO 17 - drama político - Alexeya Slovenskaia
> (Depoimento de uma prisioneira russa, que envelheceu 20 anos em
> 2 meses, num campo de concentração da Ilha de Sibiriakova, no
> tempo de Stalin e Béria)

Figura 5 - Sinopse de Hélio do Soveral para segundo livro da Coleção Monterrey

ou de outro artista). Aqui, o plano inicial dos "depoimentos humanos" já foi descontinuado (talvez por conta da frustração com o volume censurado): a narrativa, ambientada na Alemanha nazista, é em terceira pessoa, ou seja, não há mais a intenção de se criar a ilusão de relatos reais. Soveral tampouco aparece creditado na obra, seja como autor ou como adaptador; e o projeto gráfico original, de capa dura, também dera lugar a um formato mais barato e menos durável (e de menor *status* também). O entrecho girava em torno de experiências eugênicas nazistas (o "acasalamento" de jovens alemães supostamente perfeitos em busca de uma raça ariana aperfeiçoada e ideal) para, ao final, fazer uma leve condenação das "teorias materialistas da ciência" (SOVERAL, 197-c, p. 186) e para afirmar que *"não pode* haver crianças perfeitas sem o amor e a família" (SOVERAL, 197-c, p. 186. Grifo do autor).

Mas e o número 3 original da Coleção *Monterrey*, o terceiro manuscrito criado por Soveral ainda dentro de sua

Figura 6 - Capa de *Laboratório do amor*

proposta de histórias-testemunhos e que representa este livro que você tem em mãos? *A Fonte da Felicidade*, anunciado pela editora Monterrey ao final (Figura 7) do volume *Memórias do Campo 17*, seria substituído pela obra *Compulsão erótica*, de Paul Daniels (já sem capa dura), e o livro de Soveral nunca mais seria apresentado ao público, ficando esquecido por quase

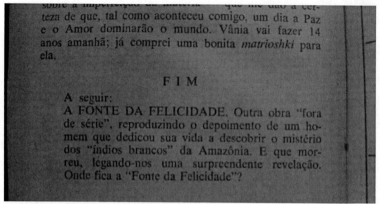

Figura 7 - Anúncio de livro de Hélio do Soveral autocensurado pela editora Monterrey no início dos anos 1970

cinquenta anos. Antes de encontrar os originais, elementos de seu entrecho (o cenário amazônico e os "índios brancos"), que reconhecemos em um episódio da série infantojuvenil *A Turma do Posto Quatro* (*Operação Vikings da Amazônia*, de 1984), nos fizeram desconfiar de que havia ali, naquele misterioso título anunciado pela Monterrey e descartado, um original desconhecido de Hélio do Soveral, autor, afinal, de três dos quatro itens da coleção, todos sob pseudônimo.[18] O exame do acervo do escritor nas dependências da Empresa Brasil de Comunicação nos fez chegar ao datiloscrito quase completo, cujo aproveitamento parecia, inicialmente, ter sido descartado pela Monterrey pela perigosa (por nada ufanista) sugestão de

---

18. #1 – *Juventude amarga* (Clarence Mason), #2 – *Memórias do Campo 17* (Alexeya Slovenskaia Rubenitch) e #4 – *Laboratório do amor* (Sigmund Gunther); o livro #3 – *Compulsão erótica* (Paul Daniels) não é de autoria de Soveral.

um Brasil descoberto não por Cabral, mas por exploradores vikings pré-colombianos! A leitura de suas páginas para publicação, porém, revelou-nos uma obra muito mais audaciosa em seu enfrentamento e denúncia do regime militar da época e que nos trazia à mente o episódio citado no livro *Almanaque da Rádio Nacional,* de Ronaldo Conde Aguiar: em protesto pela demissão, no início da ditadura, em 1964, de seus colegas de Rádio Nacional Rodolfo Mayer e Gerdal dos Santos, intérpretes respectivamente do Inspetor Marques e do detetive Zito, de seu programa *Teatro de Mistério*, Soveral descontinuou os personagens, criando outros dois — Inspetor Santos e seu auxiliar Minoro — para os atores substitutos Domício Costa e Cauê Filho (AGUIAR, 2007, p. 157).

Lidas as páginas do datiloscrito encontrado, a autocensura da Monterrey a *A Fonte da Felicidade* pareceu-nos então evidente, dado o perigoso teor da críticas incluídas na aventura, por Soveral, aos militares e às suas escassas capacidades de administração. Utilizando-se dos *nacons*, a casta de guerreiros vikings, como metáfora para os militares brasileiros, e da cidade de Valhalah como disfarce utópico[19] para o país como um todo (cuja economia, na narrativa, se vê em ruínas após um golpe militar e uma administração desastrosa), Hélio do Soveral batia forte no regime de Médici e em toda a classe castrista.

A sociedade perfeita e utópica encontrada pelo explorador Helyud Sovralsson no interior da Amazônia, formada por índios brancos descendentes de vikings a cuja civilização haviam sido incorporados traços culturais e linguísticos dos povos maias e astecas, fazia a guerra apenas em defesa própria, para evitar estrangeiros, seu jugo e, assim, permitir que o "povo

---

19. Soveral continua, de certa forma, uma tradição que já tinha, entre nós, representantes como *A cidade perdida* (1948), de Jerônimo Monteiro, *A filha do inca (ou A República 3000)* (1930), de Menotti del Picchia, e *A Rainha do Ignoto* (1899), de Emília Freitas, isto é, narrativas de exploração e aventura, com tintas utópicas-distópicas, nas quais se descobre uma civilização que serve como pano de fundo para o debate de questões de cunho social, político e filosófico.

possa viver como bem entende" (SOVERAL, 197-d, p. 29). Assim que é capturado e levado a uma primeira audiência com a valquíria Brunhilda, uma das líderes do povo valhala, Sovralsson se mostra logo interessado em saber a forma de governo daquele grupo que, para sua surpresa, era comandado por mulheres. É curioso que o alçamento destas a tal posição seja justificado por uma misoginia cultural às avessas (o sexo feminino seria melhor administrador por ser, "naturalmente", aquele que cuida da economia doméstica) que, por sua vez, encontra eco na narrativa em outros episódios de caráter machista e sexista (como quando o narrador, mais à frente, mantém relações sexuais com sua amante, submetendo-a à base de bofetadas, ou quando exige que sua esposa não apareça mais nua em público, ainda que este seja um costume local).

— Quem é o chefe dos valhalas? — perguntei.

— Não temos nenhum chefe — respondeu a valquíria. — O povo de Valhalah é governado por um grupo de mulheres viúvas, que sempre se renovam nos cargos administrativos. A mais inteligente das *batabs* confirma as leis e dirige as obras públicas, mas não tem poder para criar o bem-estar. São as viúvas do Palácio das Leis que criam o bem-estar, confirmado por nós, do Palácio da Aceitação. Mas só aceitamos as leis que forem benéficas ao povo.

E Brunhilda continuou a falar, revelando toda a estrutura político-social da cidadela de Valhalah. Vim a saber, então, que aquele povo (cerca de duas mil almas) emigrara, há muitos anos, do norte, da Colômbia ou da Venezuela, estabelecendo-se naquele platô isolado da Amazônia, no Brasil. Os *halchuinins* (trabalhadores) eram brancos puros e não se misturavam com os *nacons*, que eram mestiços de brancos com índios. Uns e outros eram governados pelas *batabs* (viúvas), encarregadas de toda a administração pública. O Valhalah, portanto, era uma espécie de matriarcado, onde os homens apenas trabalhavam em oficinas ou amainavam a terra (havia vastas plantações ao sul do platô), dividindo os produtos essenciais de acordo com a necessidade de cada um, por meio de cotas de trabalho. Esse regime, herdado dos antigos vikings, fora aperfeiçoado durante séculos, de maneira que,

> naquele estágio da civilização valhala, os homens mais úteis à coletividade tinham direito a usar livremente o seu excesso de cotas de trabalho, repousando, passeando ou adquirindo objetos de arte e instrumentos mais confortáveis.
>
> Era lógico que as mulheres exercessem os cargos públicos da cidadela, cuidando da administração da tribo, pois sempre tiveram mais jeito para a economia doméstica, mas achei um absurdo que os homens fossem dominados por elas. Eu não entendera bem a explicação e pensava que ali, como nas outras partes do mundo, os políticos se aproveitassem de seus cargos para se transformarem em ditadores. (SOVERAL, 197-d, p. 29-30)

O interesse do arqueólogo quanto aos costumes locais e a conversa que se segue permitem que os aspectos positivos daquela sociedade comunal — onde não há inveja, nem luxos materiais ou mesmo dinheiro, e os políticos não se deixam corromper — sejam apresentados ao leitor como é comum nos textos utópicos, isto é, como base para uma comparação com sua própria realidade e contexto (em reflexões conduzidas pelo próprio protagonista narrador).

> — Nesse caso — obtemperei, cautelosamente. — em Valhalah são as mulheres que mandam?
>
> A loura valquíria percebeu a minha dúvida e sorriu.
>
> — Sim. De certa forma, é isso. Nós, as mulheres, sempre dizemos a última palavra. E, embora, os homens sejam mais fortes, votam a favor de nossos projetos e submetem-se de bom grado às nossas deliberações. Somos nós que entendemos de administração e bem-estar social.
>
> Então, compreendi. Pensei na minha civilização e disse para mim mesmo que, afinal, não era muito diferente daquela. Em todos os países ditos civilizados também são as mulheres que decidem. Qual o político americano que não segue os conselhos de sua mulher? Qual o general que não se curva diante das sugestões estratégicas de sua esposa? Qual o chefe da Censura que não atende aos desejos coercivos de sua pudica companheira? Sim, ali, como em toda a parte, eram as mulheres que mandavam!

— Contudo — prosseguiu Brunhilda — apesar de serem as *batabs* as governantes, não se utilizam de seus cargos públicos em benefício próprio, pois recebem o mesmo número de cotas para a aquisição de mercadorias, igualando-se aos operários e aos agricultores.

— E o dinheiro? — perguntei.

— O que é isso? — respondeu ela.

— Ora essa! Todo profissional recebe um salário pelo seu trabalho!

— Também não sabemos o que é "profissional". Aqui, todos têm um ofício e fazem alguma coisa útil. Mas recebem cotas de trabalho, que só têm valor para a aquisição de outras coisas úteis.

Não havia o luxo, entre os valhalas, e, por isso, também não havia a ambição nem a revolta. O artesanato estava muito desenvolvido na cidadela, mas a tribo vivia quase exclusivamente da terra, havendo uma grande maioria de vegetarianos. Quanto aos *nacons*, os índios cafuzos (descendentes de um tronco de índios brancos que se mesclara com os selvagens locais), eram os responsáveis pela segurança e isolamento do platô e moravam em cabanas confortáveis, na floresta, à beira do igapó. Eram alimentados pelos *halchuinins*.

— Os *nacons* são guerreiros — explicou Brunhilda — mas os *halchuinins*, as *batabs* e os *akhins* não pegam em armas, nem têm instrução militar. Somos um povo pacífico, que superou o período das guerras e se dedica ao culto da Natureza. A terra nos dá tudo com abundância e não invejamos a vida dos outros seres da Criação, nem temos desejos de conquistar as terras que não nos pertencem. Depois que bebemos na Fonte da Felicidade, compreendemos que é aqui o nosso lugar. E aqui havemos de viver, em paz e alegria, até o fim dos séculos. É a água da fonte que nos torna felizes. (SOVERAL, 197-d, p. 30-31)

Em sua descrição de uma sociedade ideal, Soveral organiza seus vikings de maneira a valorizar a arte e o trabalho como formas máximas de realização pessoal, eliminando, em prin-

Posfácio

cípio, toda e qualquer fresta para lutas de classes. Embora o narrador fale em anarquismo, a Valhalah que descreve é, na verdade, um exemplo funcional de sociedade comunista!

> Reparei que, ao contrário do que acontece na América, os trabalhadores de Valhalah gostam de fabricar as coisas e não se revoltam contra o trabalho cotidiano, nem reivindicam mais conforto. Como não há regalias, não há despeito nem ambição. As cotas de trabalho são distribuídas equitativamente, mas alguns operários, mais aptos ou mais dedicados, têm o direito de receber melhores instrumentos, que trocam pelas suas cotas extras. Assim, eles também trocam suas cotas de trabalho por objetos de arte. O Governo das *batabs* apenas lhes concede o essencial para viver; o resto é obtido por eles, individualmente, de acordo com o seu gosto e para o seu prazer. É curioso como todos os valhalas gostam de rir e brincar, nas horas de repouso; até agora ainda não encontrei um *halchuinin* de mau humor. Ainda mesmo aqueles que se encarregam das funções mais árduas vivem alegres e felizes, pois escolheram essas funções e suas vontades são respeitadas pelas *batabs*. Se não fosse a existência das *batabs* e dos *akhins*, eu diria que os valhalas tinham encontrado o ideal anarquista. (SOVERAL, 197-d, p. 35-36)

A harmonia que transparece dessa organização, porém, é colocada em xeque quando os *nacons*, contrariando o costume, precisam subir ao platô para combater estrangeiros invasores, que procuram ouro e pedras preciosas abundantes ali, mas desprezados pelos nativos. O contato com os confortos materiais dos *halchuinins*, que viviam em construções menos precárias que seus protetores mestiços (condenados a viverem na floresta, sempre em estado de alerta), leva a uma revolta dos *nacons* e a um golpe (militar...). E, também, a uma série de comentários desabonadores sobre sua própria natureza de guerreiros que acaba por revelar que a igualdade e a harmonia da sociedade valhala era apenas aparente: havia ali, em funcionamento, castas e relações de privilégio que não resistem à primeira crise maior por que são obrigadas a passar. Nos trechos a seguir, Brunhilda, uma das *batabs*, deixa claro que a utilidade da classe de guerreiros, os *nacons* (ou os militares...) é de uma outra ordem...

> Pouco depois [de expulsos os invasores], as *batabs* ofereceram taças de hidromel aos guerreiros, brindando à vitória, e os comandados de Thorvald se retiraram da praça, murmurando elogios à organização da cidadela, cujo conforto tinha lhes causado grande admiração e um pouco de inveja. Eles não podiam entender a diferença entre *nacons* e *halchuinins* e achavam que já era tempo de construir *skalis* de pedra e cal na floresta, em vez das cabanas rústicas onde dormiam. Debalde as *batabs* lhes explicaram que os guerreiros não podiam se fixar em cidadelas permanentes, pois suas funções da tribo os obrigavam a mudar constantemente de base, para uma perfeita vigilância ao redor do platô.
>
> – Se os *nacons* vivessem em *skalis* de pedra e cal – concluiu Brunhilda. – os nossos inimigos certamente subiriam a Valhalah, evitando as cidadelas dos guardas. Eis porque os guerreiros dormem em cabanas e os trabalhadores em *skalis* de pedra e cal. Mas tanto uns como outros são úteis à coletividade e gozam dos mesmos direitos. Também há boa comida e hidromel nas tendas dos *nacons*. E os *nacons* ainda têm a vantagem de não trabalhar, nem produzir coisas úteis. (SOVERAL, 197-d, p. 91-92)
>
> – Os *nacons* conheceram de perto as *skalis* dos trabalhadores – estava dizendo Brunhilda com ar estúpido. – e sentiram inveja do conforto da cidadela. Isso não é bom. Por todos os motivos, foi um desastre aquele assalto dos estrangeiros sedentos de ouro. Agora, os *nacons* entraram em Valhalah e estão com inveja de seus irmãos *halchuinins*. Não imagino o que poderá acontecer, se Thorvald também sentir inveja do modo de vida dos trabalhadores e quiser mais regalias para os seus guerreiros. Isso seria uma infração à lei e ao bom senso, pois os *nacons* não trabalham na produção de riquezas e não devem gozar os benefícios daquilo que não ajudam a criar. Os *nacons* são devotados à guerra e à segurança do platô. Se eles trabalhassem em coisas úteis, não seriam *nacons*. (SOVERAL, 197-d, p. 95)

Num dos capítulos finais, intitulado "A revolução dos *nacons*", a casta de guerreiros, exigindo a prisão do arqueólogo Helyud Sovralsson, a quem atribuíam a epidemia de varíola que dizimara milhares de valhalas, decide tomar o poder, em flagrante ruptura institucional (que remete claramente ao golpe de 1964), assim que as *batabs* inocentam o narrador. Escondido e literalmente na clandestinidade, Sovralsson recebe notícias de uma valquíria responsável por levar-lhe mantimentos:

– Irmão Helyud – disse ela. – não poderei mais vir aqui trazer comida e água para você, pois os *nacons* me vigiam e desconfiam de mim. Houve uma revolução em Valhalah e tudo está diferente. Nós deixamos de ser *batabs* para sermos escravas dos *nacons*!

– Que está dizendo? – gemi, angustiado. – Os guerreiros da floresta invadiram Valhalah?

– Exatamente. Thorvald Vilgerson foi o cabeça do golpe. Sob o pretexto de procurar você, ele e seus *nacons* subiram o platô e invadiram a cidadela, prendendo vários *halchuinins* e submetendo os outros pela força. Foi uma noite de horror, a noite de ontem! Os *nacons*, bêbedos de hidromel, destruíram duas *skali* e quase todas as obras de arte que encontraram pela frente. As mulheres *halchuinins* também foram submetidas a vexames e só não sofreram mais porque as mulheres *nacons* interferiram na fúria de seus maridos. Mas Valhalah caiu em poder dos guerreiros e, agora, é Thorvald quem mora no Palácio da Aprovação. Brunhilda foi presa e libertada, depois de sofrer espancamentos. Ela e as outras *batabs* foram levadas para a lavoura, onde terão que trabalhar para alimentar os *nacons*. Em cada *skali* da cidadela há, agora, um *nacon* supervisionando o trabalho e a vida familiar dos *halchuinins*. Acabou-se a liberdade e morreu a alegria do povo. Ninguém mais fala nos direitos dos homens. Também não há mais esperanças de que o amor continue a triunfar sobre a guerra. Os próprios *halchuinins*, de agora em diante, terão que marchar como os guerreiros, prestar continência a seus chefes e adorar o deus Tyr, que é um deus pagão. Só o Palácio da Aprovação continua aberto, mas é Thorvald quem reina dentro dele; os outros palácios foram fechados sob o pretexto de que as *batabs* entraram em recesso. Na verdade, as *batabs* foram destituídas de seus cargos públicos e são os *nacons* que mandam em Valhalah. (SOVERAL, 197-d, p. 101)

Levado à presença do revoltoso Vilgerson, Sovralsson fica sabendo mais sobre o período que se seguiria, com a nova ordem instalada. Nada menos que um estado policial e totalitário, com diminuição das liberdades, vigilância, censura, brutalidade e eliminação física de toda oposição.

— A vitória da revolução dos *nacons* foi a melhor coisa que poderia ter acontecido a Valhalah! Os *halchuinins* estavam vivendo em pecado, gozando os prazeres da Natureza, sem prestar culto ao deus Tyr! Agora, um novo período de ordem e prosperidade será imposto à tribo, até que todos os defeitos do regime anterior sejam consertados. Muita liberdade é prejudicial e muito amor enfraquece os filhos de Odin. Agora, cada grupo de trabalhadores será comandado por um *nacon*, que lhe dará ordens no sentido de obter maior rendimento das máquinas. Os *nacons* passarão a morar nas *skalis* de pedra e cal e os *halchuinins* serão removidos para casas de madeira. Será necessário mais trabalho, porque metade da produção deverá ser entregue ao Palácio do Grande Thorvald, em forma de impostos a serem divididos democraticamente por entre todos os *nacons*. Admito que os *nacons* não sejam muito inteligentes, nem entendam muito de indústria e lavoura, mas são fortes, unidos e disciplinados, virtudes estas que superam quaisquer outras. De agora em diante, a obediência ao chefe supremo deve ser a única preocupação dos *halchuinins*. Teremos uma rígida censura na tribo, e só serão aceitas declarações públicas que elogiem o Governo e aplaudam o desenvolvimento agrário, ainda que este não exista. Todos os *halchuinins* terão que frequentar o Templo de Odin e orar pela saúde da tribo e pelo bem-estar do Grande Thorvald. Os desobedientes perderão as orelhas e serão degolados!

O cruel governante fez uma pausa, à espera dos aplausos dos *halchnacons* e das *batabs* escravizadas, e, depois, concluiu:

— Quanto a você, Helyud Sovralsson, por decisão misericordiosa do Grande Thorvald, será incorporado à turma de lavradores, passando a exercer sua atividade na plantação de arroz. A Escola Superior e o Museu foram fechados, porque o povo não precisa de cultura e sim de comida e de trabalho. Não é preciso saber ler para prestar obediência ao Grande Thorvald. As Festas do Sol e da Lua também serão abolidas, criando-se no lugar delas a Festa da Grande Marcha. Os *na-*

cons marcharão gloriosamente, todos os anos, desde a Fonte da Felicidade até a Praça do Palácio, exibindo as suas armas mais modernas. E, de agora em diante, apenas os *halchnacons*, como legítimos representantes do povo valhala, terão o privilégio de beber na Fonte! (SOVERAL, 197-d, p. 103-104)

O capítulo final do livro é o mais contundente nas críticas a ditaduras e onde Soveral aproveita Brunhilda para dizer que "os chefes impostos pela força das armas nunca promoveram o bem-estar do povo" (SOVERAL, 197-d, p. 108). A administração desastrosa dos *nacons* (ou dos militares...) passa a ameaçar toda a sociedade valhala com o espectro da fome e o ditador Vilgerson acaba deposto (e morto) pelos seus próprios companheiros; com a devolução do poder às mulheres (as *batabs*), "a volta da tribo à normalidade democrática era o prenúncio de uma nova Era de trabalho e reconstrução" (SOVERAL, 197-d, p. 108). No extenso trecho a seguir, não faltam menções a censura a jornais, racionamento de alimentos, grupos guerrilheiros de oposição, perseguição religiosa, prisões e execuções arbitrárias, bem como comentários derrisórios a respeito da ideologia e da disciplina militar aplicadas à vida civil.

> Passou-se um ano, depois dos horríveis acontecimentos que narrei nas páginas anteriores. Agora, estou escrevendo estas últimas palavras na floresta, bem longe do platô onde se ergue a cidadela viking de Valhalah. Durante todo este ano de 1963, os *nacons* dominaram a aldeia dos índios brancos, chefiados pelo cruel Thorvald, e os *halchuinins* sofreram a ditadura dos guerreiros sedentos de Poder e de prazeres sensoriais. A vida, no platô, tornou-se um castigo, um inferno. Eu continuei confinado na floresta, ao lado da plantação de arroz, mas sempre tive notícias da decadência da civilização valhala, pois Brunhilda visitava regularmente as cabanas dos *halchuinins* afastados de suas *skalis*, aconselhando-os a resistir às arbitrariedades dos *nacons*, promovendo protestos e praticando sabotagens. Muitos trabalhadores foram presos, neste período negro da existência de Valhalah, mas Thorvald não podia impedir a marcha da História. Sua péssima administração logo se tornou evidente, apesar da censura imposta ao único jornal da comunidade. Os

guerreiros pagãos, embora fossem fiéis e disciplinados, não conheciam nenhum ofício útil e, portanto, não estavam em condições de chefiar os diversos grupos de trabalho. As leis marciais, votadas pelo Grande Thorvald, revelavam-se inadequadas na vida civil, onde devia haver um regime de paz e trabalho coletivo. Nenhum *halchuinin* se conformava em viver como um *nacon*, prestando culto ao deus Tyr e empenhando-se em combates simulados na Praça dos Palácios.

Além disso, o povo não tinha liberdade para nada, nem sequer para pensar. Qualquer palavra que um *halchuinin* dissesse ofendia gravemente o Governo do Grande Thorvald. Profundamente ignorantes, orgulhosos e desconfiados, os *nacons* viam em tudo uma ameaça à sua segurança, um desafio à sua inteligência e uma crítica à sua desonestidade. Dezenas de trabalhadores sofriam as perseguições dos *halchnacons* que comandavam as indústrias básicas e o plantio dos vegetais. E os operários se vingavam sempre que podiam.

Devido à má administração dos *halchnacons*, Thorvald não atingiu a sua meta (Primeiro Plano Semestral) de intensificar a produção de armas e alimentos. Realmente, aumentou o fabrico de escudos de ouro e de prata, mas diminuíram as cotas de comida. Seis meses depois da revolução, foi ordenado o primeiro racionamento de sal e hidromel. Mais tarde, o alimento da tribo se reduziu ao milho. Contudo, como a Administração exigia o pagamento dos mesmos impostos de seis meses atrás, os *halchuinins* protestaram. Houve novas prisões e confinamentos na floresta. No platô, apenas os *nacons* tinham direito a comerem melhor, pois Thorvald queria evitar uma revolta entre os mestiços armados. Mas a situação foi ficando cada vez pior. As fábricas e oficinas fecharam e os *halchuinins*, abandonados pela Administração, tornaram-se salteadores. Houve, nessa época, diversos assaltos aos armazéns dos *nacons*, todos repelidos a flechadas e golpes de machados. Muitos *halchuinins* foram feridos, mas um grupo (que se apoderou de algumas armas dos *nacons*) resistiu, na margem ocidental do lago, e passou a ameaçar o Governo.

Depois de um ano de Administração Thorvald, a situação era calamitosa. O consumo sempre fora maior do que a produção, a tal ponto que não havia mais reservas de alimentos de nenhuma espécie. A fome rondava Valhalah, aquela cidadela antes tão próspera e feliz. Já não havia nenhuma indústria em funcionamento (nem sequer a fundição de armas), pois os *halchuinins* mais cordatos tinham que fazer seus próprios roçados de milho, para poderem pagar os impostos e sobreviver. Quem tivesse visto Valhalah um ano antes, ficaria impressionado com o seu aspecto atual. Aquela era uma cidadela morta, embora ainda habitada por índios magros e barrigudos, viciados em comer terra. Metade das *skalis* estava em ruínas, inclusive o prédio da Escola Superior e do Museu. A estátua de pedra do bispo Eric Gnupson, que antes fora instalada na Praça dos Palácios, tinha sido derrubada pelos *nacons* e, em seu lugar, surgira uma caricatura ridícula do deus Odin, abençoando o Grande Thorvald. (...)

Finalmente, há um mês atrás, a desorganização administrativa chegou a tal ponto que começou a haver discussões entre os próprios *nacons* e *halchnacons*. A disciplina foi quebrada em alguns grupos de guerreiros e um *halchnacon* chegou a ser assassinado pelos seus subordinados. Os *halchuinins* não foram informados oficialmente desse lamentável acontecimento, mas souberam de tudo. Estimulados pelo princípio de anarquia entre os seus dominadores, os operários redobraram as sabotagens e os comícios. O grupo de trabalhadores livres e armados que se instalara na floresta atacou então uma das cabanas de *nacons* e ali ficou, sem poder ser desalojado pelos guerreiros fiéis a Thorvald. E o cerco dos operários livres se apertou em torno do platô de Valhalah. Os revoltosos exigiam a volta das mulheres ao Poder. (SOVERAL, 197-d, p. 105-107)

O editor da Monterrey, José Alberto Gueiros, pelo visto achou mais seguro suprimir o material de potencial altamente provocador e incendiário, mesmo que arcando com eventuais prejuízos (Soveral tinha por costume trabalhar apenas a partir de sinopses aprovadas), do que se arriscar a atrair para si atenções indesejadas e eventuais represálias.

Curiosamente, Soveral, ao final da vida, afirmava jamais ter tido problemas com a censura, como se depreende do episódio narrado em seu depoimento de 1997 presente no livro *Rádio brasileiro – episódios e personagens* (2003).

> Eu nunca sofri censura [na rádio no período do Estado Novo], só uma vez uma senhora lá gorda da censura é que me chamou e estava lá com o meu capítulo de novela na mão com uns riscos vermelhos. Me chamou e disse assim: – Isso aqui! O senhor não pode escrever uma coisa dessas, uma cena familiar, está aqui, o marido fala na frente das crianças assim: Olha, são dez horas, vamos todos para a cama! Para ver a malícia do censor, a ignorância do censor. Fora disso, nunca fui chamado a atenção. (SOVERAL, 1997, *apud* CALABRE, 2003, p. 62)

Na verdade, um exame dos originais de suas obras teatrais submetidas à censura oficial prévia, na década de 1940, mostra que a coisa não era bem assim. Se as peças *As conquistas de Napoleão*, *O fantasma da família* e *Uma noite no paraíso* foram liberadas para encenação sem nenhum corte, esse já não foi o caso com *O vendedor de gasolina*[20] (1943). O censor Eloy Cordeiro vetou o uso de um personagem "comissário de polícia" (transformado no texto final em um "guarda"), proibiu uma menção à Alemanha (o Brasil já estava então em guerra com o país do eixo) e censurou a frase "Isto é um abuso de autoridade" (Figuras 8 e 9). Como se vê, passados mais de 50 anos do episódio, a lembrança da ação da censura naqueles tempos era, para Soveral, mais rósea e branda do que a documentada (e dura) realidade, o que, a nosso ver, torna ainda mais oportuno e relevante o resgate e a redescoberta deste *A Fonte da Felicidade*...

* * *

O estudo da censura no Brasil tem caminhado a passos largos, principalmente quando se trata de examinar, analisar e expor as práticas institucionalizadas, postas em regras, padrões, práticas, portarias e leis que deixam rastros de documentos e papel. Os trabalhos de Sandra Reimão, Flamarion Maués, Creuza Berg, Paulo César de Araújo e muitos outros

---
20. No acervo da Biblioteca Nacional, constam apenas estes quatro datiloscritos originais de peças do autor.

vêm levantando inúmeros tapetes para onde haviam sido varridas tantas discussões acerca da (falta de) liberdade de expressão e dos mecanismos de tutela governamental sobre as atividades brasileiras de pensamento e cultura durante o último período de governo militar.

Especificamente no que se refere ao controle sobre a produção de livros, o dado é que a época de publicação da Coleção *Monterrey* é justamente aquela imediatamente anterior ao recrudescimento da censura e das proibições.

> A censura a livros durante a ditadura militar (...) teve uma atuação mais forte não nos chamados Anos de Chumbo (1968-1972), mas sim durante o governo Geisel (março de 1974 a março de 1979), e especialmente no final desse governo. Sendo o governo Geisel, apesar dos momentos de retrocessos, aquele em que se iniciou o processo de abertura política lenta e gradual. A censura a livros por parte do DCDP foi maior quando a maioria dos jornais e revistas estava sendo liberada da presença da censura prévia nas redações. (REIMÃO, 2014, p. 85)

Tentando explicar essa estranha mudança (os livros até então raramente eram alvo da tesoura), Reimão sugere que

> (...) durante os anos de chumbo (1968-1972) artistas e intelectuais exerciam a autocensura pois estavam conscientes do rigor da atividade censória que, durante o governo Médici (1969-1974), "ficou prioritariamente em mãos dos militares da 'linha dura'" (Aquino, 2002, p. 530), evitando produzir obras que pudessem ser censuradas. Como observou Bernardo Kucinski (2002, p. 536), a existência de uma censura rigorosa "induz ao exercício generalizado da autocensura". A autocensura explicaria o índice proporcionalmente menor – em relação ao total dos examinados – de livros, peças de teatro e filmes censurados durante os anos de chumbo. (REIMÃO, 2014, p. 87)

Flora Süssekind, em seu *Literatura e Vida Literária* (1985), registra igualmente que, "no que se refere aos livros", (...) foi sobretudo a partir de 1975 que as restrições se tornaram mais rigorosas" (SÜSSEKIND, 1985, p. 20) e oferece uma outra hipótese para o aumento da perseguição. Além de citar um crescimento do mercado editorial no país — "ampliando-se o interesse pela literatura, amplia-se também a ação da censura" (SÜSSEKIND, 1985, p. 20) —, a autora registra que a diminuição dos cortes e vetos a obras de cinema e televisão (autocensurados e controlados pelas próprias empresas, já que a ordem de grandeza dos valores investidos exigia que não corressem riscos) provavelmente fez com que os livros voltassem à mira dos censores.

> Percebia-se, então, uma mudança de tendência nos cortes, com mais livros censurados do que filmes. Dos mil trezentos e treze filmes submetidos à censura, apenas dez foram vetados à época. Enquanto isso, quarenta e nove livros eram proibidos. (SÜSSEKIND, 1985, p. 21)

Süssekind cita um artigo de 25 de julho de 1975, do jornal *Opinião*, para tentar entender o mecanismo por trás de tais censuras indiretas, que combinavam a atmosfera de falta de liberdade com o medo de falências por asfixia econômica e prejuízos.

> Os gastos na importação de um filme (...) pressupõem um investimento muito maior do que a tradução e a tiragem de um livro. (...) E como a censura se preocupava mais com os filmes, as próprias companhias de cinema acabavam fazendo uma seleção prévia do que deveria ser importado ou não. (OPINIÃO, 1975 *apud* SÜSSEKIND, 1985, p. 20)

Tratava-se, portanto, de um autocerceamento mais rígido por parte das indústrias de maior porte, cujos produtos tinham alcance de massa (SÜSSEKIND, 1985, p. 21) e, portanto, suscitavam prioritária preocupação governamental, mas que acabou implicando

> uma resposta mais violenta [sobre os livros] da parte dos mecanismos de censura principalmente a partir de [19]75, quando os *media* já exerciam uma autocensura forte a ponto de liberar a atenção dos censores em direção a outras áreas. (SÜSSEKIND, 1985, p. 21)

Para falarmos sobre o caso específico da Coleção *Monterrey*, da editora de mesmo nome, e do livro *A Fonte da Felicidade*, é preciso então levarmos em consideração algumas questões adicionais:

1) No ano de seu surgimento, 1970 ou 1971, estava em vigor (e pouco se fala sobre isso) a *censura prévia* a quaisquer livros a serem publicados no Brasil.

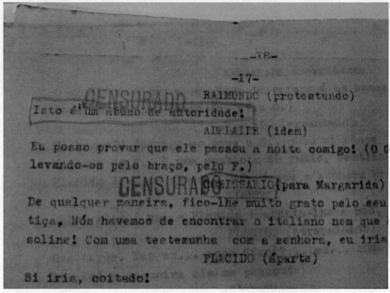

Figura 8 - Detalhe de página da peça *O vendedor de gasolina* (1943), de Hélio do Soveral, com cortes feitos pela censura oficial estadonovista

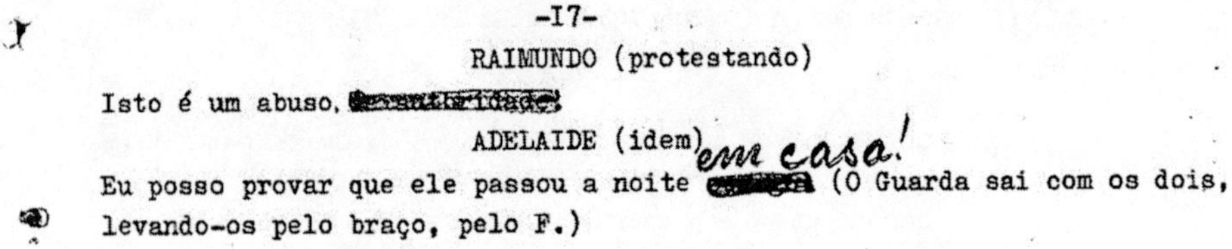

Figura 9 - Detalhe de página da peça *O vendedor de gasolina*, constante do acervo da SBAT, já com corte de trecho censurado.

> Após o AI-5 e suas consequências políticas restritivas, foi em janeiro de 1970 que o setor livreiro sentiu mais de perto os efeitos do fechamento político, com a edição, no dia 26 daquele mês, do Decreto-lei nº 1.077, que estendia a censura prévia aos livros. Ainda que o decreto fizesse menção a que a censura deveria se limitar a temas referentes a sexo, moralidade pública e bons costumes (Hallewell, 1985), as leis de exceção a que o país estava submetido alargaram sobremaneira o entendimento do que poderia ser considerado, para o poder ditatorial, adequado em relação a esses temas. Dessa forma, os livros, que desde o golpe de 1964 já vinham sendo objeto com certa rotina de confiscos e recolhimentos por autoridades policiais, passavam agora a poder ser censurados previamente. Efetivamente, poucos livros o foram, pois na maioria dos casos a censura ocorria após a publicação da obra, o que acarretava prejuízos ainda maiores aos editores e autores. (MAUÉS, 2006, p. 31)

Tal mecanismo, porém, comportou-se como uma das tantas "leis que não pegam", repetindo o que já se havia visto com a Lei da Reforma do Ensino de 1971 (cursos de datilografia sem máquinas de escrever ou de técnicas laboratoriais sem material de laboratório...). As demandas da legislação simplesmente não tinham correspondente na realidade e nos recursos (humanos e materiais) disponíveis.

> A censura prévia, regulamentada pelo Decreto 1.077/70 (...) revelou-se, na prática, algo inexequível. (...) O conjunto de pessoas atuando como censores federais passou de 16 funcionários em 1967 para 240 ao final do Regime Militar – mas mesmo com este inchaço, a censura prévia de todo o mercado editorial brasileiro era algo, na prática, não executável. Assim sendo, a maioria da atividade de censura em relação a livros dava-se (...) por denúncias. (REIMÃO, 2005, p. 9-10).

Ainda assim, não se pode desconsiderar o fato de que todo livro publicado e não submetido previamente ao crivo dos censores era, em si mesmo, uma ação de resistência ou no mínimo de não conformidade e submissão excessiva. Como diz Ignácio de Loyola Brandão,

> Existia a lei [de censura prévia] também para o livro, só que era descumprida. A lei determinava que os editores enviassem os originais para Brasília, antes da publicação. No entanto, num gesto bonito e ousado (porque a editora poderia ser punida com o fechamento, dependendo do caso), numa resistência automática, quase unânime e não planejada, os editores ignoraram esta obrigação. (...) Corria-se o risco, após a publicação, de uma proibição, seguida das sanções normais previstas pela lei. Mesmo assim, os editores mantiveram-se firmes. (BRANDÃO, 1994, p. 177)

A Monterrey não era, de forma alguma, o tipo de editora combativa e de enfrentamento ao regime como aquelas estudadas por Flamarion Maués em seu *Livros contra a ditadura – Editoras de oposição no Brasil, 1974-1984* (2013), como a Codecri, a Vozes e a Civilização Brasileira (MAUÉS, 2013, p. 13), preferindo o *safe harbour* da menos visada literatura de entretenimento não erótica (essa, sim, um alvo frequente dos censores e das denúncias), ainda que abusando do apelo sensual das capas do ilustrador Benício. Mas pelo menos parece também não ter se curvado à censura prévia, ainda que provavelmente porque a demora em tais trâmites inviabilizaria seu modelo de negócio de publicação rápida e com faro atento às oportunidades de momento.

2) Os estudos de Deonísio da Silva, continuados por Sandra Reimão e outros autores, sugerem uma atuação censória mais afeita à moral e aos costumes (e menos a aspectos subversivos ou políticos) no que diz respeito à literatura popular (ou de massa) durante o regime militar de 1964-1985, com ênfase nos gêneros ditos pornográficos (caso de inúmeras obras censuradas da escritora Cassandra Rios, por exemplo). Não há, igualmente, na literatura, registro de publicações da Monterrey (ou de outras editoras focadas no mercado de livros de bolso não-eróticos, como a Ediouro) neste período oficialmente proibidas. Cumpre então falar de censura *indireta*, autocensura, atmosferas repressivas e dificuldades de publicação.

3) O estudo do cerceamento de expressão *self inflicted*, preventivo, por assim dizer, apresenta enormes dificuldades quando comparado às práticas censórias desbragadas, que deixam lastro documental. Se o pesquisador pode hoje ler sobre as ações e reações à censura na redação da revista *Veja* (no livro *Veja sob censura, 1968-1976*, de Maria Fernanda Lopes Almeida) ou na do semanário *Opinião* (registrada no volume *Opinião x Censura — momentos da luta de um jornal pela liberdade*, de J.A. Pinheiro Machado), ou consultar os arquivos do regime sobre as listas de proibição e os pareceres de seus agentes, como fizeram Sandra Reimão, Deonísio da Silva, Creuza Berg e muitos outros, que dizer deste campo onde a censura atua de maneira indireta, sugerida/imposta por uma atmosfera de medo, campo no qual as represálias são evitadas de antemão por políticas (autorais e editoriais) que simplesmente abortam os livros antes de sua criação ou, pior, no caminho para as prensas? Como dimensionar o impacto destas ações (ou não-ações!) decididas em reuniões de diretoria (como no caso da Ediouro, da Monterrey e, como veremos adiante, da Ebal e da Vecchi...) que sequer eram deitadas em atas passíveis de posterior averiguação? É evidente que autores e editores registrem, com orgulho e para a posteridade, suas atitudes corajosas ante regimes arbitrários e suas agendas repressivas, mas qual deles falará sobre os livros que não escreveu por medo, ou que não editou por se ter acovardado devido aos perigos reais de então? Há muito pouco lançado na literatura sobre essas violências difusas e disfarçadas, perdidas no emaranhado de um passado não registrado e não colhido, até porque ninguém parece dele se orgulhar.

Um estudo futuro sobre esse aspecto da atividade editorial brasileira, voltado à literatura de massa, se impõe, a nosso ver, como absolutamente necessário, mas, quando feito, deverá se apoiar fortemente na coleta de depoimentos em meio aos agentes sobreviventes da época, já que a pesquisa de campo, em busca de documentos que melhorem o esboço do perfil do quadro, certamente não será tão rica quanto a da censura oficial e imposta. Um paralelo sobre o que o campo em questão vivia, e as dinâmicas envolvidas, está no que hoje conhecemos como a figura do *leitor sensível*, responsável por levantar bandeiras vermelhas de alerta, ao editor, sobre temas potencialmente perigosos (ou *sensíveis*, para ficarmos no mesmo eufemismo) por ofensivos a estratos sociais minoritários e/ou organizados. Trata-se do mesmo papel feito pelos pareceristas internos de editoras como a Ediouro e a Monterrey (ainda que neste caso as ofensas potenciais tivessem a ver com a moralidade e os *calos* do regime militar). O escritor Carlos Orsi, em artigo de 2017, faz uma oportuna reflexão sobre esse mecanismo e sobre os perigos de que ele, ao se aproximar tanto de iniciativas clássicas da autocensura como o *Comics Code*, termine por se naturalizar, para prejuízo da atividade artística como um todo.

> (...) Esse tipo de trabalho, em que um texto é submetido, pré-publicação, a um leitor crítico identificado com um grupo social minoritário que analisará o conteúdo *vis-a-vis* as sensibilidades particulares do grupo, pode cumprir [a função de] (...) alertar o autor [e o editor] para o uso de palavras, expressões, situações, etc., consideradas ofensivas pelo grupo a que o "leitor sensível" pertence. (...)
>
> A história está repleta de coisas que eram "livre opção" no papel e, uma vez normalizadas no mercado, viraram "obrigações" de fato. No mundo da cultura, há os exemplos clássicos do Código Hays[21] da produção cinematográfica, e do Comics Code, que pôs fim à explosão de criatividade dos quadrinhos americanos dos anos 50. O Comics Code, aliás, foi adotado com a melhor das intenções: proteger as criancinhas.
>
> Ambos os códigos foram iniciativas "do mercado", adotadas por agentes livres, que estavam no pleno gozo de seus direitos, sem nenhuma, ou com um mínimo, de coação estatal. O

---

21. O *Código Hays*, espécie de apelido para o *Motion Picture Production Code*, foi um conjunto de diretrizes morais seguidas pela indústria do cinema e aplicadas à execução de boa parte dos filmes lançados entre 1930 e 1968 pelos grandes estúdios norte-americanos.

> que não nos impede de reconhecer que tiveram um impacto extremamente negativo na qualidade e na criatividade de duas importantes indústrias. E de, diante do exemplo histórico, ficarmos ressabiados ao ver que condições semelhantes começam a surgir: todo o movimento que desaguou no *Comics Code* teve início, exatamente, com preocupações de "sensibilidade" (no caso, dos pais) que afetavam o mercado.
>
> Alguém pode apontar que as editoras sempre se valeram de pareceristas, pessoas que leem originais, opinam sobre se é oportuno, ou não, publicá-los e, eventualmente, sugerem modos de melhorar o texto. O "leitor sensível" surge como uma categoria especializada de parecerista. O problema é que seus critérios são, no limite, extraliterários, o que não deixa de ter um sabor de *Comics Code* ou, mesmo, de censura. (ORSI, 2017)

O *Comics Code*, aliás, merece(rá) destaque em qualquer abordagem sobre autocensura por sua relevância absoluta dentro do tema. Gonçalo Júnior, em seu livro *A Guerra dos Gibis*, trata do episódio com detalhes, reportando-se ao momento em que, nos Estados Unidos, a antipatia para com as histórias em quadrinhos (e tudo o mais que cabia sob o guarda-chuva conceitual genérico de "má literatura infantil" – o que significava também boa parte da literatura de massa) ganhava um ponto de inflexão poderoso: era publicado, em 1954, o famoso livro de Fredric Wertham, intitulado *Seduction of the innocent – the influence of "horror comics" on today's youth*.

> Wertham publicou um tratado implacável contra os *comics* com base em conclusões que teria tirado dos tratamentos feitos em sua clínica em crianças e adolescentes com distúrbios de comportamento. A obra denunciava, de modo contundente, que terríveis crimes praticados por crianças nos últimos dois anos foram estimulados pela leitura de *comics*. A principal alegação era de "culpa por associação", isto é, muitos menores acusados ou condenados liam quadrinhos. (JÚNIOR, 2004, p. 235)

A onda que se seguiu foi tão devastadora e o efeito-dominó contra as histórias em quadrinhos nos EUA foi tão grande – artigos na imprensa, debates, adesões acaloradas, demonstrações públicas com queima, inclusive, de milhões de *comics* por crianças convertidas à crença de que se livravam de más literaturas (JÚNIOR, 2004, p. 239) – que o "Congresso americano decidiu adotar uma postura mais rígida sobre o assunto" (JÚNIOR, 2004, p. 239). Na prática, isso significou a instauração de comissões parlamentares de debate, discussão e coleta de depoimentos. Em 5 de junho de 1954, o senador Robert C. Hendrickson anteciparia à imprensa o parecer dos grupos de trabalho criados.

> O relatório da subcomissão, divulgado alguns dias depois, oficializou a sugestão. Caberia às editoras fazer uma autocensura rigorosa das histórias, antes que "alguém" o fizesse por elas. (...)
>
> Em agosto de 1954, as principais editoras de quadrinhos, incluídas as de histórias infantis, fundaram a *Comics Magazine Association of America – CMAA*. (...) A entidade teria como função estabelecer urgentemente um "padrão de moral" para assegurar aos pais e aos leitores revistas em quadrinhos "de qualidade". Das seguidas reuniões da associação resultou a criação da *Comics Code Authority (CCA)*, que elaborou uma tábua de autorregulamentação com regras que censuravam o conteúdo das histórias. (JÚNIOR, 2004, p. 241-242)

O efeito da criação do *Comics Code* reverberaria por outros países do mundo, de maneira mais ou menos direta, inclusive no Brasil, onde os ataques às histórias em quadrinhos (que sofriam investidas ferozes e organizadas desde pelo menos a década de 1940) receberiam renovado impulso.

A ótima descrição de Gonçalo Júnior sobre a autocensura no mercado editorial brasileiro (ainda que se referindo a apenas uma de suas casas publicadoras) decorrente deste maremoto norte-americano contra as HQs (e, por associação, à literatura de massa e de entretenimento) merece que façamos aqui sua reprodução.

> No final de 1954, Aizen tomou uma medida eficiente para mostrar que sua editora estava preocupada em oferecer bons quadrinhos para as crianças. Poucas semanas depois

da divulgação do código de ética americano, ele criou seu próprio regulamento, a ser cumprido por redatores, tradutores e artistas a partir daquele momento, tanto na produção nacional como nas adaptações das histórias estrangeiras. As 23 determinações do código de Aizen receberam o título de "Os mandamentos das histórias em quadrinhos". O código permitia que as histórias importadas, por exemplo, fossem mutiladas ao ser adaptadas para o português: o texto e os cenários tinham de ser alterados, para que o leitor identificasse elementos brasileiros. O código estabelecia, ainda, o uso de nomes brasileiros para os personagens e o de expressões nacionais em lugar das ditas em outros países. Devia ser evitado o abuso da linguagem floreada, de palavras e expressões que levassem a interpretações equívocas; alusões a ideologias ou partidos políticos, nacionais ou não, a religiões e outras doutrinas políticas, a questões sexuais etc. O mesmo valia para os desenhos. (...)

O código de ética americano foi uma referência importante para os mandamentos da Ebal. Aizen também decidiu estampar nas capas das revistas um alerta aos pais para que soubessem que o conteúdo de suas publicações era submetido a um código de ética. Em vez de usar um selo, como nos Estados Unidos, colocou no canto superior esquerda da capa de seus gibis uma classificação em cinco faixas etárias: "para crianças", "para maiores de treze anos", "para moças e rapazes", "para adultos" e "para todas as idades". (...)

A autocensura criada pela Ebal restringiu perceptivelmente a criatividade de seus colaboradores e interferiu até nos originais dos quadrinhos importados por Aizen – mesmo as histórias que já vinham submetidas ao código americano, a partir de 1954, passavam pelo crivo dos redatores que ajudaram Aizen a criar os mandamentos. Qualquer material era traduzido e "adaptado" com o máximo rigor moral. (...) Não havia nada de muito excitante na maior parte do que foi modificado, mas a Ebal, em nome dos bons costumes, mesmo assim não deixava passar. Escondia-se tudo o que pudesse ser questionado. (JÚNIOR, 2004, p. 257-258)

Um caso mais recente de autocensura, e contemporâneo deste *A Fonte da Felicidade*, é igualmente ilustrativo e merece ser comentado. Ele envolve o quadrinista e editor Ota (Otacílio Costa d'Assunção Barros) e seu primeiro trabalho para a editora que, nos anos 1960, publicara os volumes de contos do *Inspetor Marques* de Hélio do Soveral.

> Depois que saí da Ebal meu emprego seguinte foi na Vecchi. Eu ainda cursava Jornalismo na UFRJ e estava pensando no que ia fazer, quando o telefone de casa tocou. Era o Eduardo Baron, que tinha conhecido na Ebal quando ele fazia o *Judoka*. Ele disse que tinha estado numa editora e sabia de algo que poderia me interessar e se dispôs a me apresentar ao dono, Lotário Vecchi.
>
> A tal editora era a Vecchi, que quase não publicava HQs. A única que eles estavam lançando naquele momento era o *cowboy* italiano *Tex*. Mas, no passado, a Vecchi tinha lançado revistas importantes como *Xuxá*, *Pequeno Xerife* e *Pecos Bill*, todas na década de [19]50. (...)
>
> Aliás, a entrada da Vecchi nos quadrinhos se deu na década de 1920 com a efêmera *Mundo Infantil*, lançada em 1928,[22] bem antes do *Suplemento Juvenil* de Adolfo Aizen. Por ironia a Vecchi foi pioneira na publicação de Quadrinhos no Brasil!
>
> A editora foi fundada em 1913, quando Arturo Vecchi veio da Itália para abrir uma filial da Vecchi italiana, criada por seu irmão Lotario Vecchi (não o que ia me entrevistar, mas um tio deste, homônimo). Lançou com sucesso os "folhetins", que eram romances populares publicados semanalmente em continuação, tipo uma novela no papel. Arturo Vecchi foi expandindo seu império, sempre voltado para publicações populares, lançando entre outros os livros de Arsène Lupin, de Maurice Leblanc. Na década de 1940 consolidou-se lançando *Grande Hotel* e os famosos álbuns de figurinhas, virando líder de mercado nesse segmento. (...)
>
> No dia primeiro de novembro de 1973, lá estava eu arregaçando as mangas no meu novo emprego. Nem sala eu tinha: ficava numa pequena mesa no corredor ao lado da sala do Lotário.
>
> Agora que eu era da casa, ele me mostrou os planos. Tinha adquirido uma penca de personagens e ia lançar um monte

---

22. Na verdade, o primeiro número da *Mundo Infantil* é de 25 de outubro de 1929.

de revistas de uma vez. Pegou praticamente tudo o que estava disponível no mercado. (...)

O primeiro lançamento seria *Eureka*, uma revista nos moldes das *Linus* e *Eureka* italianas, aproveitando tiras diárias e outras histórias estrangeiras. O formato já tinha sido testado no Brasil pela *Grilo* (da editora Espaço-Tempo) e mais tarde pela *Patota* (da editora Artenova), que fizeram certo sucesso publicando personagens considerados de vanguarda como Peanuts, Mago de Id e outras. (...) Infelizmente, *Eureka* teve um problema atrás do outro. Primeiro descobriram que o título já estava registrado: era uma revista de palavras cruzadas lançada por uma pequena editora. Compraram o título do proprietário. Depois, houve um problema com as piadas de Feiffer da primeira edição. Como era a única coisa realmente de impacto, investi tudo no Feiffer. Sugeri ao Lotário fazer um pôster com uma das piadas, relativa ao caso *Watergate*, que estava despontando na época: Nixon era revistado por um policial e estava roubando até os talheres da Casa Branca – e jogava a culpa no vice Spiro Agnew. Se tivesse saído desse jeito talvez *Eureka* tivesse decolado. Mas, *quando o então diretor de publicidade da editora viu a amostra já impressa, foi apavorado na sala do Lotário dizendo que era muito arriscado publicar um material desses. Que os militares não iam gostar nada, porque aquilo era uma ofensa ao presidente de um país amigo, blá blá blá e o resultado foi que a tiragem toda nem saiu da gráfica. Virou apara de papel na mesma hora. As piadas de Feiffer e o poster foram substituídos às pressas e a tiragem inteira de 80 mil exemplares foi reimpressa.* (OTA, 2011. Grifo e negrito nossos.)

De todo modo, é a episódios desse tipo (referimo-nos à autocensura ocorrida na Ebal, na Vecchi, na Ediouro e na Monterrey) que o pesquisador e o historiador da literatura popular brasileira (esteja ela em HQs ou livros de bolso adultos e infantis) publicada entre 1964 e 1985 deverá se reportar para entender com que tipo de liberdade autoral e editorial se tratava na época para conceber, produzir, imprimir e fazer circular material de leitura destinado a crianças, adolescentes e adultos ávidos por esse cânone marginal. Será preciso recorrer a arquivos vivos, de carne e osso, em busca de depoimentos como o de Ota, para tentar (re)construir um panorama desse passado de opressão não tão evidente: porque não deverá ser fácil encontrar muitos artefatos materiais, de papel, como *O Caso do Rei da Casa Preta* de Ganymédes José e seus outros livros autocensurados pela Ediouro, ou como este *A Fonte da Felicidade*, de Hélio do Soveral, que sirvam de testemunho ainda persistente após mais de quatro décadas.

* * *

Mas chegamos a um ponto deste Posfácio em que, embora já deva estar clara para o leitor a importância de *A Fonte da Felicidade*, seu criador não foi devidamente apresentado. A verdade é que, mesmo com seu gigantismo, pouco ainda se escreveu sobre Hélio do Soveral. Em um dos poucos verbetes existentes na literatura a falar sobre o autor, Ronaldo Conde Aguiar, em seu *Almanaque da Rádio Nacional* (Casa da Palavra, 2007), cita as profissões já experimentadas por Soveral (engraxate, vendedor de verduras e legumes), seus 230 livros, suas chanchadas na Atlântida (*Este mundo é um pandeiro*, *Falta alguém no manicômio*) e um punhado de suas novelas para a Rádio Nacional (como *Também há flores no céu*, *A felicidade dos outros* e *Paraíso perdido*). Cita ainda o programa César de Alencar, que contou com Soveral como produtor por cerca de 15 anos (AGUIAR, 2007). Mas isso é muito pouco. Por isso, pedimos permissão para uma digressão biográfica, para um pouco mais de Hélio do Soveral.[23]

* * *

Apesar de uma atuação bem-sucedida de décadas como autor de radionovelas, com incursões por praticamente todos os suportes e meios de comunicação e expressão que o século XX

---

23. O texto a seguir é baseado no capítulo "Hélio do Soveral, o escritor dos (mais de) 19 pseudônimos e heterônimos, e a série *A Turma do Posto Quatro*: autoria acusmática na busca de *Stimmung*", da tese de doutorado *Mister Olho: de olhos abertos... ou será que não? Uma análise crítica da coleção infantojuvenil Mister Olho e de seus autores à luz (ou sombra...) da ditadura militar* (2019), de nossa autoria, e já apareceu em versão ligeiramente diferente na Introdução ao livro *O Segredo de Ahk-Manethon* (2018, AVEC Editora).

ofereceu (além de escrever para rádio, foi autor teatral, roteirista de cinema, quadrinhos e televisão, ator, pintor e escritor de mais de 230 livros), o português Hélio do Soveral Rodrigues de Oliveira Trigo, nascido em Setúbal, em 30 de setembro de 1918, talvez tenha experimentado sua mais duradoura popularidade com as histórias infantis que escreveu para a Ediouro, entre 1973 e 1984. Foram nada menos que 88 livros (mais um inédito, pelo menos), divididos em cinco séries que renderam tiragens totais de mais de um milhão de exemplares, todas elas assinadas por pseudônimos ou heterônimos. E parece haver nisso também, nesse desprendimento de Soveral para com sua própria instância autoral – Soveral era conhecido como "o escritor dos 19 pseudônimos" (MARQUEZI, 1981, p. 27) –, uma outra coincidência envolvendo este primeiro conto "Brejo Largo", premiado em um concurso da revista *Carioca* e publicado na edição de 2 de janeiro de 1937, quando Soveral (que vivia no Brasil desde os sete anos) inaugurava pra valer tanto a carreira quanto a maioridade: não é que a mesma revista em cujas páginas o português oferece o drama do menino João traz também um artigo intitulado "A victoria dos pseudonymos"? Nele, o autor Martins Castello (além de citar exemplos tanto históricos quanto da época) vai além da questão do mero embaraço causado por "um appellido antipathico ou ridiculo (...) capaz de inutilisar a vida do mais apto dos cidadãos"[24] (CASTELLO, 1937, p. 40) para entrar na seara da persona artística, do eu que se sacrifica pela criação, pela própria obra.

> Ramon Gomez de la Serna já fez, com aquella sua subtileza habitual, uma observação aguda e exacta. O escriptor, quando escolhe um pseudônimo, desprende-se do mais pesado de si mesmo, collocando-se aos proprios olhos como mais um producto de sua imaginação. (...) Para a adopção de um pseudonymo, é preciso coragem, pois o acto tem, no primeiro momento, qualquer coisa de um suicidio. É a morte de uma personalidade para o nascimento de outra personalidade.[25] (CASTELLO, 1937, p. 41)

---

24. Optamos por manter a grafia da época.
25. Optamos por manter a grafia da época.

Mesmo que Soveral não tenha lido o texto que dividiu páginas com sua primeira incursão na literatura dita "séria", pode-se dizer que a coragem citada por Castello não lhe faltou, e que em todas as vezes em que escolheu sacrificar sua autoria em prol de um melhor efeito para suas criações (sua primeira novela policial, *Mistério em alto-mar*, de 1939, era assinada Allan Doyle tanto para homenagear E. A. Poe e Conan Doyle quanto para conferir mais autenticidade à empreitada: o público ainda não via bem a ideia de brasileiros escrevendo histórias de detetive), o escritor de Setúbal, carioca por opção, demonstrava como amava a própria obra: não importava o nome que assinava as brochuras, nem mesmo que os livros sequer indicassem autor (como no caso dos citados romances de espionagem *K.O. Durban*). O que importava eram os personagens, as histórias, os "brejos largos" onde suas criaturas pudessem ter refúgio, amor, aventura; o que importava era produzir com seus textos atmosferas que ressoassem no corpo e espírito de seus leitores, pelo tanto de empatia e emoções que evocavam.

Soveral foi Allan Doyle para os ouvintes de seus roteiros na Rádio *Tupy* do Rio (é dele o primeiro programa seriado do rádio brasileiro, *As aventuras de Lewis Durban*, de 1938) e para os leitores do já citado *Mistério em alto-mar* (1939). Pouco depois, em 1941, fez uso do seu segundo *nom de plume*, Loring Brent, ao escrever o conto "A Safira Fatal" para a *Contos Magazine*. Segundo atesta Soveral, esse teria sido um dos dois ou três (ou quatro, dependendo da fonte) contos que ele escrevera para a revista, todos "baseados nas capas (norte-americanas) compradas pela editora" (SOVERAL, 198-, p. 4). Não foi possível encontrar ainda confirmação para o(s) outro(s) pseudônimo(s) em questão. Esse episódio particular configura uma verdadeira pirotecnia, própria do mercado editorial brasileiro de revistas *pulp* e de emoção das primeiras décadas do séc. XX, uma vez que Loring Brent era na verdade o pseudônimo do autor norte-americano George F. Worts e a capa comprada pela *Contos Magazine* se referia a um conto dele, intitulado "The Sapphire Death", que não foi aproveitado em nada por Soveral ao criar sua "versão" brasileira. Original norte-americano e original luso-brasileiro dividem, tão somente, a arte do ilustrador Paul Stahr, em curiosa ciranda de efeitos: o texto de Worts sugere imagens a Stahr, que por sua vez sugere textos a Soveral.

Na década de 1960, depois de experimentar baixas vendagens com os quatro livros de contos do Inspetor Marques (seu personagem mais popular, protagonista de muitos anos do programa de rádio *Teatro de Mistério*) que publicou pela Vecchi (*3 Casos do Inspetor Marques*, *Departamento de Polícia Judiciária*, *Sangue no Paraíso* e *Morte para quem ama*), e vendo sua renda como radialista diminuir sensivelmente – segundo reportagem de Beatriz Coelho Silva para o *Caderno 2* do *Estado de S. Paulo* de 21 de maio de 1988, isso teria se dado "em 1964, quando o golpe militar desmembrou a Rádio Nacional e Soveral ficou sem seus programas" (SILVA, 1988, p. 1) –, o português abraça de vez a carreira de escritor profissional de livros de bolso, começando com as dezenas de volumes que escreve para a editora Monterrey, com os heterônimos Keith Oliver Durban, Brigitte Montfort, Clarence Mason e Alexeya S. Rubenitch, e os pseudônimos Tony Manhattan, Lou Corrigan,[26] Sigmund Gunther, John Key, Frank Cody, Stanley Goldwin, W. Tell, F. Kirkland e Ell Sov (esse último também usado na década de 1970 para assinar algumas histórias em quadrinhos para a Ebal). Há também um volume lançado pela Editora Palirex, de São Paulo, assinado como Frank Rough (o único *western* de sua produção).[27] Essa obra de quase 150 livros cobre todos os gêneros da literatura de entretenimento: terror, suspense, policial, bangue-bangue, ficção científica,

---

26. Na verdade, pseudônimo do escritor espanhol Antonio Vera Ramírez. Alguns livros de Soveral para a Monterrey, com a personagem Brigitte Montfort, acabaram saindo com o nome "Lou Corrigan" por engano da editora, segundo Soveral.
27. Na verdade, o único publicado. Soveral deixou um livro inédito no gênero, completo, aparentemente vendido para a mesma editora, com o mesmo personagem e universo.

espionagem. O "homem dos 19 pseudônimos", a essa altura, já havia inaugurado 16 deles no papel, em busca de efeitos *no* e *para* seu leitor, em busca de atmosferas.

Quando finalmente começou a escrever para a Ediouro, Soveral contava com 55 anos e o citado currículo de mais de uma centena de *pockets*, além de milhares de roteiros cujo sucesso já o havia inscrito em definitivo na história da radiodramaturgia brasileira. Das cinco séries que produziu para a Ediouro e sua coleção *Mister Olho – Chereta*, assinada como Maruí Martins; *Missão Perigosa*, assinada como Yago Avenir, depois Yago Avenir dos Santos; *Bira e Calunga*, assinada como Gedeão Madureira; *Os Seis*, assinada como Irani Castro; e *A Turma do Posto Quatro*, assinada como Luiz de Santiago –, as mais populares e bem-sucedidas foram, sem dúvida, as duas últimas da lista. As aventuras de *Os Seis* chegaram a 19 episódios e mereceram algumas reedições em novos formatos, ao longo das décadas de 1970, 1980 e 1990. O mesmo vale para a série *A Turma do Posto Quatro*, que teve 35 títulos e só perde em longevidade e extensão, no âmbito da Coleção *Mister Olho*, para a *Inspetora*, de Ganymédes José, com seus 38 livros publicados.

No meio do caminho desta última carreira como escritor infantojuvenil, inaugurada com o folhetim *O Segredo de Ahk-Manethon,* mais de três décadas antes do lançamento de *Operação Macaco Velho*, Soveral se aposenta pela Rádio Nacional e perde a esposa Celina após acompanhá-la ao longo de uma batalha de mais de 10 anos contra o câncer, o que se mostraria como um dos maiores baques contra seu vigor e ânimo de espírito. Ainda assim, continua ativo como autor até meados dos anos 1980 (há que se citar o conto "A bomba", para o primeiro número da revista *Ação Policial,* em junho de 1985, e o livro *Zezinho Sherlock em Dez mistérios para resolver*, para a Ediouro, em 1986), inclusive com seu famoso programa policial de rádio *Teatro de Mistério*, que sai do ar em 1987, após praticamente 30 anos de transmissões (de

06 de novembro de 1957 a 15 de abril de 1987). Isso sem falar dos incontáveis projetos (na área da literatura ou para televisão) que concebe ou mesmo desenvolve sem conseguir emplacar.

Após cerca de dez anos sem, como diz, desenvolver quaisquer atividades intelectuais, volta à carga em meados dos anos 1990 e submete originais para editoras como a Record, deixando ainda vários títulos organizados, entre inéditos e reedições planejadas. Essas investidas tardias, infelizmente, não alcançam sucesso. Soveral fica tristemente relegado a algumas aparições em matérias de jornal que o tratam como curiosidade esquecida e injustiçada, como uma "usina de textos" abandonada em um pequeno apartamento em Copacabana. A saúde debilitada, as despesas crescentes e a dificuldade do lidar com a vida já na casa dos 80 anos fazem com que se mude para Brasília, onde passa a viver perto de sua filha única, Anabeli Trigo, bibliotecária concursada lotada no Ministério da Agricultura. Pouco tempo depois da mudança, quando começava a se habituar à ideia de viver longe de seu amado Rio de Janeiro, Soveral falece após ser atropelado por um motociclista, em 21 de março de 2001. Por ironia do destino, por aqueles dias havia acertado a publicação de suas traduções para a obra poética de seu ídolo maior, Edgar Allan Poe. O livro permanece à espera de seu público... e de um editor. Chegava ao final a saga do menino de Setúbal que, em sua adolescência no Brasil, como relata Marquezi, já contava histórias aos amigos de calçada, inspirado nos títulos dos filmes em cartaz, em troca de cigarros ou tostões (MARQUEZI, 1981, p. 26).

* * *

A importância do legado de Hélio do Soveral, em diversas áreas da vida cultural brasileira, é (esperamos), após essas breves páginas, inegável, incontornável e digna de resgate e estudo. Se, no mundo do romance policial, por exemplo, Rubem Fonseca segue sendo o nome academicamente incensado por natureza,

Soveral é de longe o de maior produção. Basta ficar nos mais de mil roteiros produzidos para rádios como Tupy e Nacional e nos seus detetives memoráveis: o Inspetor Marques, o norte-americano Lewis Durban e o brasileiro Walter Marcondes.[28]

A publicação desta obra, em 2019, continua as comemorações pelo centenário do nascimento de Soveral, em 2018, e espera, além de celebrar sua carreira, vida e importância, despertar de um "cochilo" injusto seus potenciais apreciadores, sejam eles leitores (novos ou aqueles que se deleitavam com histórias dos *Seis*, da *Turma do Posto Quatro*, de *Brigitte Montfort* ou de *K.O. Durban*) ou estudiosos de nossa negligenciada literatura popular, e chamar novamente a atenção de **todos nós** para os perigos do silenciamento de nossos escritos, ideias e artefatos culturais. Soveral é um bom exemplo de que análises e julgamentos podem ser injustos, se rasos, ainda mais quando a eles se soma o ocultamento involuntário de parte de sua produção, obra e posicionamentos. Seria fácil pintar-lhe um perfil reacionário, tomando, digamos, a sensação geral transmitida por sua série *A Turma do Posto Quatro*. E que dizer da carta que escreve à revista *Fatos e Fotos* contestando o texto em que aparece, na edição de 24 de outubro de 1976, respondendo à pergunta do repórter Humberto Vieira sobre qual seria seu próximo livro? Lê-se na página 33:

> É uma história muito interessante, que se passa dentro do corpo humano – *A Revolução dos Leucócitos*. Não tem nada a ver com a *Viagem Fantástica* do Isaac Asimov. No livro dele, são pessoas que viajam pelo corpo humano. No meu, são os glóbulos brancos do sangue que acham que o organismo está no caos e tomam de assalto o cérebro. Eles se consideram as Forças Armadas, os órgãos de segurança do corpo e, para combater a anarquia e a desordem orgânicas, expulsam as células cerebrais. O herói da história é um espermatozoide, que se transforma em guerrilheiro. (SOVERAL, 1976a, p. 33)

---

28. O texto a seguir inclui trechos adaptados da Conclusão da tese de doutorado *Mister Olho: de olhos abertos... ou será que não? Uma análise crítica da coleção infantojuvenil Mister Olho e de seus autores à luz (ou sombra...) da ditadura militar* (2019), de nossa autoria.

Na missiva à redação, de que guardou cópia, o escritor aponta uma série de imprecisões da reportagem e é enfático no reparo do que lhe pareceu perigoso no texto impresso... Soveral não queria aparecer como alguém fazendo troça com os militares...

> Depois da lamentável reportagem da revista *FATOS & FOTOS* datada de 24 do corrente, mas já à venda desde o dia 14, sou forçado a repudiar boa parte das declarações a mim atribuídas, naquela entrevista, pois elas apenas se aproximam da verdade, ora porque estão incompletas, ora porque estão distorcidas, e, algumas vezes, *as opiniões dos repórteres são apresentadas como saídas da minha boca.* (...) *A Revolução dos Leucócitos* não é o meu próximo livro. Essa obra já foi editada e, agora, estou apenas revendo-a e aumentando-a. *Embora haja semelhanças entre o Serviço de Segurança do Organismo com as Forças Armadas, de um país, os repórteres fazem uma insinuação maldosa.* (SOVERAL, 1976b, p. 2. Grifos nossos.)

Mais "comprometedora" ainda, para esse olhar-apenas-de-superfície a que nos referimos, seria a carta-ensaio de seis páginas do autor, datada de outubro de 1970 e dirigida ao Chefe do Serviço de Censura de Diversões Públicas, Wilson A. de Aguiar, de onde se pode pinçar o seguinte trecho:

> A Censura, tão combatida pelos cultores da Democracia Ocidental, é um mal necessário, e deve estar tanto mais presente quanto mais evoluídos sejam os meios de comunicação entre as massas. Isso porque não podemos medir as responsabilidades alheias pelas nossas; e, se nos julgamos com suficiente discernimento para saber o que é útil ou pernicioso ao nosso irmão, grande parte dos nossos irmãos ignora os mais comezinhos deveres de respeito pelo bom gosto e pela moral alheios. A Censura é um mal necessário, em qualquer estágio político ou social da humanidade, quer sob o guante da ditadura, quer sob o anarquismo teórico ou o socialismo prático; e, mais necessária se torna, em nosso imenso país, cadinho de raças e espelho de contradições. Aplausos para a Censura. Um país como o Brasil, pela sua extensão territorial, que aliena grandes núcleos de população, e se veste, aqui e ali, de cores próprias e imprevistas, deve ser protegido por uma Censura inteligente e sensata, principalmente nos grandes centros urbanos, de onde emana o poder da palavra

escrita e oral, a Inteligência, que tanto pode refinar como aviltar o caráter dos cidadãos. (SOVERAL, 1970, p. 2)

Um conhecedor/pesquisador mais dedicado da trajetória pessoal e profissional do criador da *Turma do Posto Quatro* e deste *A Fonte da Felicidade* saberia, porém, relacionar esses dados incompletos e esses momentos parciais a outros que acabam por transformar o aparente reacionário em mero ser humano cauteloso, por vezes dominado por seus medos, mas que aproveitava seus fazeres de artista para também contrabandear em seus escritos pequenas ironias, pequenas subversões, pequenos combates à violência instaurada. Soveral, por exemplo, sempre viveu com medo de sofrer perseguições, durante o regime militar, pelo fato de ser estrangeiro (português nunca naturalizado), diz sua filha Anabeli (TRIGO, 2016). Os pregos, diz o ditado, evitam colocar suas cabeças ao vento para não se tornarem alvo dos martelos... Daí a epístola de reparo à *Fatos & Fotos*...

A carta ao chefe da censura, da mesma forma, ganha outra significação quando lida por inteiro e quando se considera que ela pode nem mesmo ser fiel reprodução das opiniões do autor. Soveral, ali, escrevia em nome da Editora Vecchi, para quem adaptava as fotonovelas italianas da revista *Jacques Douglas*, e pedia ao censor a indulgência de permitir a publicação do material importado que, vez por outra, tratava do tema do divórcio, assunto proibido no Brasil de então. O trecho lido, portanto, pode ter sido apenas um mentiroso afago no algoz a quem se pedia favores... E é fato que, no final da vida, Soveral tentou, sem sucesso, publicar/encenar trabalhos declaradamente críticos à ditadura, como o romance *A Revolução dos Leucócitos* e a peça *Mãe Doida*.

Em artigo de 27 de maio de 2019 na *Folha de S. Paulo*, o filósofo Luiz Felipe Pondé, ao contestar as supostas causas da piora no humor dos cada vez mais depressivos jovens latino-americanos, afirma não concordar que, como diz a pesquisa a que se refere, a perseguição à liberdade de expressão possa estar verdadeiramente entre elas, as causas (ainda que assim declarado pelos entrevistados). Segundo Pondé,

> a maioria esmagadora da população não liga para liberdade de expressão. Só quem liga para ela são jornalistas, professores, artistas ou intelectuais em geral. *A menos que a repressão sobre a liberdade de expressão torne seu jantar impossível*, ela que se dane. (PONDÉ, 2019. Grifo nosso.)

Pode até ser que, como afirma o filósofo, preocupações com a censura e com o cerceamento da circulação de ideias em toda e qualquer sociedade sejam uma espécie de "sexo dos anjos", isto é, um debate algo abstrato e elitista que não cabe na maioria das mentes mais ocupadas com a urgência de ver o pão servido sobre a mesa. Para aqueles privilegiados que garantiram já o jantar, porém, e que talvez por isso voltem suas inquietações para outras esferas, é de extrema importância revisitar estes períodos em que o *pão do espírito* nos foi negado; negado não por escolha, mas por imposição. A publicação em livro dos originais silenciados de *A Fonte da Felicidade*, de Hélio do Soveral, recoloca sobre nossas mesas esta quase apagada amostra de nossa surpreendentemente engajada literatura popular; este *jantar tornado impossível* (mas agora não mais) pela ditadura militar dos anos 1970.

Maricá, junho de 2019

REFERÊNCIAS

AGUIAR, Ronaldo Conde. *Almanaque da Rádio Nacional.* Rio de Janeiro: Casa da Palavra, 2007.

BRANDÃO, Ignácio de Loyola. Literatura e resistência. In: SOSNOWSKI, S.; SCHWARTZ, J. (Org.). *Brasil: o trânsito da memória.* São Paulo: Edusp, 1994.

CALABRE, Lia. Rádio e imaginação: no tempo da radionovela. In: CUNHA, Mágda Rodrigues; HAUSSEN, Doris Fagundes (orgs.). *Rádio brasileiro: episódios e personagens.* Porto Alegre: EDIPUCRS, 2003.

CASTELLO, Martins. A victoria dos pseudonymos. In: *Carioca.* Rio de Janeiro: Editora A Noite. Número 63. 2 de janeiro de 1937. pp. 40, 41, 49.

JÚNIOR, Gonçalo. *A guerra dos gibis — a formação do mercado editorial brasileiro e a censura aos quadrinhos, 1933-64.* São Paulo: Companhia das Letras, 2004.

MARQUEZI, Dagomir. Este homem vive de mistério. In: *Status.* São Paulo: 1981.

_____. O Segredo de Hélio do Soveral. In: Soveral, Hélio do. *O Segredo de Ahk-Manethon.* Porto Alegre: AVEC Editora, 2018.

MAUÉS, Flamarion. O mercado editorial de livros no Brasil no período da abertura (1974-1985). In: *Educação em debate, ano 28 - V. 1 - N°. 51/52.* Fortaleza: Universidade Federal do Ceará, 2006.

_____. *Livros contra a ditadura — editoras de oposição no Brasil, 1974-1984.* São Paulo: Publisher Brasil, 2013.

ORSI, Carlos. *Leitura sensível e umas coisinhas mais*. Disponível em: <https://carlosorsi.blogspot.com/2017/07/leitura-sensivel-e-umas-coisinhas-mais.html>. Acesso em: 6 nov. 2018.

OTA. *Os quadrinhos da Vecchi*. Disponível em: <https://www.bigorna.net/ index.php?secao=artigos&id=1298294845>. Acesso em: 7 nov. 2018.

PACHE DE FARIA, Leonardo Nahoum. *Histórias de detetive para crianças*. Niterói: Eduff, 2017.

_____. *Livros de bolso infantis em plena ditadura militar*. Porto Alegre: Avec Editora, 2020.

PONDÉ, Luiz Felipe. "World Peace". *Folha de S. Paulo* online. 2019. Disponível em: <https://www.gazetadopovo.com.br/vozes/luiz-felipe-ponde/jovens-burguesia-luiz-felipe-ponde/>. Acesso em: 28 mai. 2019.

REIMÃO, Sandra. *Fases do ciclo militar e censura a livros - Brasil, 1964-1978*. Texto apresentado no XXVIII Congresso Brasileiro de Ciências da Comunicação – Intercom, disponível em http:sec.adaltec.com.br/intercom/2005/ resumos/RO 771-1.pdf. 2005.

_____. "Proíbo a publicação e circulação..." – censura a livros na ditadura militar. In: *Estudos avançados vol. 28 n. 80*. São Paulo: USP, 2014.

SILVA, Beatriz Coelho. O homem de um milhão de livros. *Estado de S. Paulo*, São Paulo, Caderno 2, p. 1, 21 de maio de 1988.

SOVERAL, Hélio do. Brejo Largo. In: *Carioca*. Rio de Janeiro: Editora A Noite. Número 63. 2 de janeiro de 1937. pp. 7, 8, 63.

_____. *Carta datilografada com plano de livros e séries*. 196-. 4 f.

_____. *Carta a Livraria José Olympio Editora*. Rio de Janeiro, 26 mai. 1969. 5 f.

_____ (sob o pseudônimo Clarence Mason). *Juventude amarga.* Rio de Janeiro: Editora Monterrey, 197-a.

_____ (sob o pseudônimo Alexeya Slovenskaia Rubenitch). *Memórias do Campo 17.* Rio de Janeiro: Editora Monterrey, 197-b.

_____ (sob o pseudônimo Sigmund Gunther). *Laboratório do amor.* Rio de Janeiro: Editora Monterrey, 197-c.

_____. *A Fonte da Felicidade.* Datiloscrito original. Rio de Janeiro. 197-d. 114 f.

_____. *Carta a Wilson A. de Aguiar, chefe do Serviço de Censura de Diversões Públicas.* Rio de Janeiro. Out. 1970. 6 f.

_____. Entrevista. In: O desconhecido escritor Hélio do Soveral, autor de 150 livros. *Estado de S. Paulo.* 16 ago. 1975.

_____. Entrevista. In: VIEIRA, Humberto. A arte de se multiplicar por 19 escritores. *Fatos & Fotos* nº 792. Bloch Editores. Brasília. 24 out. 1976a.

_____. *Carta à revista Fatos & Fotos.* Rio de Janeiro. Out. 1976b. 3 f.

_____. *Currículo.* Documento datilografado. 198-. Fonte: Acervo de Hélio do Soveral, Rádio Nacional (EBC).

_____. Depoimento. 1997. In: CUNHA, Mágda Rodrigues; HAUSSEN, Doris Fagundes (orgs.). *Rádio brasileiro: episódios e personagens.* Porto Alegre: EDIPUCRS, 2003.

SÜSSEKIND, Flora. *Literatura e vida literária – polêmicas, diários & retratos.* Rio de Janeiro: Jorge Zahar Editor, 1985.

TRIGO, Anabeli. *Entrevista concedida ao autor.* 27 jul. 2016.

SOBRE A ORGANIZAÇÃO E EDIÇÃO DOS ORIGINAIS

A preparação bem-sucedida de *A Fonte da Felicidade* para esta primeira publicação deve muito à sua filha Anabeli Trigo, que nos conduziu ao acervo literário do escritor doado por ela à Rádio Nacional do Rio de Janeiro (por sua vez, incorporada à Empresa Brasil de Comunicação - EBC). Em meio a caixas e caixas de papéis de Soveral, infelizmente ainda aguardando uma primeira mínima catalogação e tratamento (tudo se encontra ainda no estado da época da primeira doação para a Rádio Nacional em Brasília, em 2002, e, posteriormente, da doação definitiva para a Rádio Nacional do Rio, para onde o material foi enviado em 23 de maio de 2005), encontramos mais de uma centena de folhas ofício amareladas, sem nenhuma organização, que reconhecemos como o título anunciado (mas engavetado) pela editora Monterrey no início dos anos 1970, ao final do número 3 de sua coleção de mesmo nome. Embora ligeiramente incompleto (algumas folhas da parte inicial se perderam com os anos, entre mudanças, descartes e até mesmo um alagamento de garagem!), o manuscrito e sua trama eram perfeitamente legíveis e sua importância exigia esta restauração para publicação.

Com o desaparecimento das páginas 1 (provavelmente, folha de rosto com o título), 2, 5, 7 e 8, bem como de trechos da 3 (ver Figura 10), completamos as lacunas, com base nos 95% de material sobrevivente, de maneira a gerar o mínimo de dano à compreensão do entrecho e ao estilo do autor.

À preparação de texto baseada no manuscrito resgatado, aplicamos algumas revisões registradas à mão pelo próprio Soveral, visando à publicação da obra em outras editoras (como a Ediouro). A atualização ortográfica foi feita conforme a norma vigente e os erros (tipográficos ou não) óbvios foram corrigidos. Respeitamos, sempre que possível, a pontuação adotada pelo autor, salvo quando sua adoção causaria incômodo à leitura.

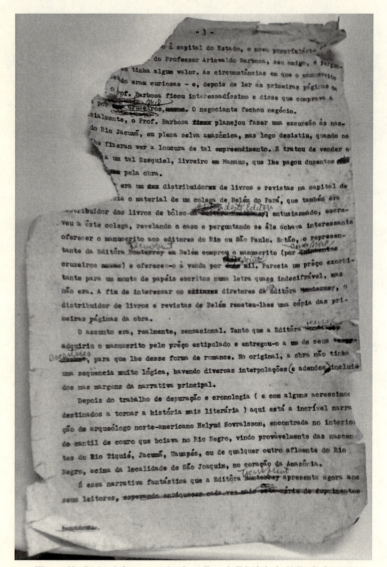

Figura 10 - Página 3 do manuscrito de *A Fonte da Felicidade*, de Hélio do Soveral

SOBRE O AUTOR

Hélio do Soveral é autor de nada menos que cinco séries infantojuvenis, para as quais escreveu 89 livros, entre 1973 e 1984: *A Turma do Posto Quatro, Os Seis, Bira e Calunga, Chereta* e *Missão Perigosa*. Publicou mais de cem outras obras em gêneros como ficção científica, terror, suspense, bangue-bangue, policial e espionagem, roteirizou filmes, escreveu peças e atuou por mais de 50 anos como radialista, tendo a seu crédito a primeira história seriada do rádio brasileiro (*As aventuras de Lewis Durban*, pela Tupy, em 1938) e o programa de peças policiais de maior duração (*Teatro de Mistério*, com mais de mil episódios e quase 30 anos no ar). É ainda o criador do Inspetor Marques, do memorável agente secreto K.O. Durban e um dos escritores a dar vida à inesquecível personagem Brigitte Montfort.

SOBRE O ORGANIZADOR

Leonardo Nahoum é doutor em literatura comparada pela Universidade Federal Fluminense, mestre em estudos literários, jornalista e graduando em Letras. Autor dos volumes *Livros de bolso infantis em plena ditadura militar* (AVEC, 2020) e *Histórias de Detetive para Crianças* (Eduff, 2017), da *Enciclopédia do Rock Progressivo* (Rock Symphony, 2005) e de *Tagmar* (primeiro *role-playing game* brasileiro; GSA, 1991), dirige, ainda, o selo musical Rock Symphony, com mais de 120 CDs e DVDs editados, e dedica-se a pesquisas no campo da literatura infantojuvenil de gênero (*genre*, não *gender*), com foco em escritores como Carlos Figueiredo, Ganymédes José e, claro, Hélio do Soveral.

NOTAS DO ORGANIZADOR

i   Soveral concebeu seu livro como uma ilusão completa de manuscrito perdido. Para isso, a primeira parte do datiloscrito era uma pequena narrativa sobre a chegada do material às mãos do editor (no caso, a Monterrey, que o anuncia, mas não o publica). A porção inicial dessa "Nota do editor", de cerca de meia lauda, se perdeu ao longo dos anos, bem como frases e palavras de sua segunda página, como se pode ver na Figura 10 (na parte "Sobre a organização e edição dos originais"). Autorizados por sua filha, recriamos esses trechos da maneira menos intrusiva possível, respeitando o estilo do autor e o plano geral da obra. O texto a seguir, portanto, ainda não é de Soveral, mas deste honrado organizador.

ii   Fim do primeiro trecho criado por nós para complementar o datiloscrito de Soveral.

iii   Fim da lacuna de aproximadamente 15 toques que abre a lauda (ver Figura 10, na seção anterior) e início do texto de Hélio do Soveral para *A Fonte da Felicidade*, na página de número 3 do datiloscrito.

iv   Início de lacuna, a meio da palavra (no datiloscrito, aparece apenas a sílaba "ma").

v   Final da lacuna de aproximadamente 22 toques.

vi   Início de lacuna, a meio da palavra (no datiloscrito, aparecem apenas as sílabas "pergun").

vii   Final da lacuna de aproximadamente 16 toques.

viii   Início de lacuna.

ix   Final da lacuna de aproximadamente 10 toques.

x   Início de lacuna.

xi   Final da lacuna de aproximadamente 8 toques.

xii   Início de lacuna.

xiii   Final da lacuna de aproximadamente 10 toques.

xiv   Início de lacuna.

xv   Final da lacuna de aproximadamente 6 toques.

xvi   Início de lacuna.

xvii   Final da lacuna de aproximadamente 6 toques; provavelmente, "manuscrito", que optamos por evitar repetir.

xviii   Início de lacuna.

xix   Final da lacuna de aproximadamente 10 toques.

xx   Início de lacuna.

xxi   Final da lacuna de aproximadamente 14 toques (lê-se apenas a parte "ia" da sílaba final).

xxii   Trata-se de referência à coleção onde o livro deveria ter figurado: a *Coleção Monterrey*.

xxiii   Início de lacuna de uma lauda, correspondente à página desaparecida de número 5 (isto é, aproximadamente 400 palavras). Autorizados por sua filha, recriamos o trecho a seguir da maneira menos intrusiva possível, respeitando o estilo do autor e o plano geral da obra.

xxiv   Final da lacuna. A partir daqui, recomeça o texto original de Hélio do Soveral.

xxv   Soveral, aqui, ao incluir a Estotilândia, na verdade, misturou duas tradições: embora identificada por alguns autores como correspondendo à Vinelândia dos vikings, a Estotilândia, assim como outras terras lendárias (?) como as ilhas de Frislândia, Eslanda, Drogio e Icária, aparecem em um suposto relato de viagem dos irmãos italianos Nicolo e Antonio Zeno publicado em 1558 em Veneza.

xxvi   Originalmente, Soveral adotara a forma aportuguesa "Iorque" em todas as ocorrências do datiloscrito.

xxvii   Início de lacuna de duas laudas, correspondente às páginas desaparecidas de número 7 e 8 (isto é, aproximadamente 800 palavras). Autorizados por sua filha, recriamos o trecho a seguir da maneira menos intrusiva possível, respeitando o estilo do autor e o plano geral da obra.

xxviii   Final da lacuna. A partir daqui, recomeça o texto original de Hélio do Soveral.

xxix   Soveral repete aqui um erro sobre os vikings que se popularizou no imaginário popular principalmente por conta dos filmes hollywoodianos. Os guerreiros nórdicos nunca teriam usado tais capacetes chifrudos, imagem equivocada que teria se disseminado em nossa cultura de massa a partir do século XIX por conta dos desenhos de um ilustrador mal informado.

xxx   No datiloscrito, "mais de seis meses". Optamos pelo genérico "tempos" porque o termo se ajusta melhor à cronologia da narrativa.

xxxi   Soveral, na verdade, usa aqui o adjetivo "feios", que nos pareceu por demais inadequado (por preconceituoso e etnocêntrico) mesmo que proferido pelo geólogo Charles Winnegan e não pelo antropólogo Mark Spencer ou pelo arqueólogo Helyud Sovralsson (estes últimos acadêmicos de Ciências Humanas em tese mais alinhados ao relativismo cultural e ao não-enquadramento automático dos povos indígenas por padrões ocidentais).

xxxii   No datiloscrito, "cem metros"; Soveral altera a altura com anotação à mão.

xxxiii   Referência a um grupo indígena que vive no território correspondente a Roraima, também conhecido pelos nomes wapixana, wapishana, uapixanas, vapixianas, vapixanas, oapixanas e oapinas.

xxxiv   É curiosa, mas também desconcertante, a associação feita aqui por Sovralsson/Soveral à mestiçagem dos nacons como explicação para sua "inaptidão para o trabalho produtivo" e para seu papel como guerreiros defensores da "comunidade mais esclarecida"... Tal critério de pureza racial não chega nunca a ser criticado ou questionado pelo arqueólogo norte-americano.

xxxv   Soveral havia chamado a mãe de Thorvald de Helg, mesmo nome da prima que depois se tornaria amante do protagonista Helyud Sovralsson. Para evitar uma possível confusão entre as personagens, alteramos o nome da esposa de Jorund (pai de Thorvald) para Hild.

Notas do Organizador

xxxvi   No datiloscrito, "um mês". Optamos por um tempo menor por se ajustar melhor à cronologia da narrativa.

xxxvii   No datiloscrito, lia-se "Não custará mais do que uma ou duas cotas de trabalho intelectual. Um professor sempre ganha mais do que um operário", o que contraria a explicação inicial de Sovralsson/Soveral para um sistema igualitário de remuneração de trabalho (que não previa essa diferença entre trabalho manual e intelectual). Por isso, optamos por adaptar este trecho para o que se lê agora no livro.

xxxviii   O trecho entre as palavras "encerrado" e *batabs* estava completamente ilegível no datiloscrito. A frase inserida, portanto, é uma sugestão deste organizador para a lacuna.

xxxix   Seguia-se a esse ponto um parágrafo que optamos por retirar, pois era praticamente idêntico ao que inicia o capítulo seguinte. Para registro, reproduzimos aqui o trecho em questão: "De qualquer maneira, fora feita a paz entre Helyud Sovralsson e Naddok Knutsen. Eu só esperava que essa paz também descesse sobre o meu espírito, e não fosse apenas uma atitude teatral. Mas cada vez que me lembrava de que Naddok iria ser meu vizinho, na Rua dos Artistas, eu tinha dúvidas sobre a sinceridade de minha indulgência".

xl   Soveral no datiloscrito escreve "cadáver", mas o rapaz ainda não estava morto.

xli   No datiloscrito, Soveral escreveu, por engano, "trepar".

xlii   Trata-se do conto "O barril de almontillado" (*"The Cask of Amontillado"*), publicado em 1846.

xliii   No datiloscrito, aparecia "Mas você não encontrou Naddok na entrada da gruta.", o que não faz sentido, pois Sovralsson já havia dito à esposa que não andara para os lados da fonte.

xliv   No datiloscrito, aparece a variação "Mateiro" para o segundo nome de Severino.

xlv   Idem acima.

xlvi   O degradante tratamento dado pelo protagonista Helyud Sovralsson à sua amante Helg Vilgerson é um exemplo de violência (e cafajestagem) contra a mulher bastante comum na época em que Soveral concebeu sua história. Infelizmente, a sociedade brasileira ainda precisa avançar muito nesse campo, mas, pelo menos, a cena de "sexo *consensual* forçado" entre Helyud e Helg hoje em dia ganharia a descrição correta de "estupro", puro e simples.

xlvii   No datiloscrito, aparecia erroneamente "descendência".

xlviii   Constava, no datiloscrito, o numeral ordinal "terceiro", o que cria certa ambiguidade incongruente com o parágrafo anterior, onde Sovralsson diz estar escondido há cinco dias. Como ele é capturado assim que recebe a visita da *batab*, esta só pode ter se dado após o primeiro período citado.

xlix   Referência a um dos poemas incluídos na *Edda Poética*, conjunto de textos cujo registro mais antigo aparece no manuscrito islandês *Codex Regius*, do século XIII.

l   No datiloscrito, aparece por engano do autor o termo "descendência".

li   Difícil não associar a frase ao refrão da música de Roberto Carlos, "Jesus Cristo", lançada em 1970.

lii   Trecho original no datiloscrito dizia "E o que é que tem isso?".

liii   Soveral havia sobrescrito este original "seis" com o numeral "quatorze", indicando que sua revisão do datiloscrito para a submissão à Ediouro tenha acontecido em 1978 ou 1979.